Bulat Okudshawa

Frau meiner Träume

Wahre Geschichten

Aus dem Russischen von
Antje Leetz und
Jürgen Schlenker

Verlag Volk & Welt
Berlin

Die Deutsche Bibliothek - CIP-Einheitsaufnahme

Okudžawa, Bulat S.:
Frau meiner Träume : wahre Geschichten / Bulat
Okudshawa. Aus dem Russ. von Antje Leetz und Jürgen
Schlenker. - 1. Aufl. - Berlin : Verl. Volk und Welt, 1991
ISBN 3-353-00876-4

Quellenverzeichnis siehe Seite 204

Lektorat: Christina Links
Schutzumschlag-/Einbandgestaltung: Lothar Reher
Gesetzt aus der Janson, Linotype
Satz: deutsch-türkischer fotosatz, Berlin
Druck und Bindearbeiten:
Offizin Andersen Nexö Leipzig GmbH
Printed in Germany
ISBN 3-353-00876-4

Frau meiner Träume

Mir geht durch den Sinn, wie ich 1947 Mama wiedersah. Wir waren zehn Jahre getrennt gewesen. Sie hatte einen zwölfjährigen Jungen zurückgelassen, und nun war ich zweiundzwanzig – ein junger Mann, Student an der Universität, der schon an der Front gekämpft hatte, ordentlich zu saufen verstand, verwundet gewesen und, wenn ich es jetzt besehe, trotz allem ein wenig oberflächlich und leichtsinnig war. Irgend etwas Leichtfertiges hatte ich in mir, wie seltsam das auch sein mag.

Wir hatten uns zehn Jahre nicht gesehen. Nun, da waren die damaligen Umstände gewesen, die Ursachen der schmerzlichen Verluste, der langen Trennungen – heute ist das alles gut bekannt, heute verstehen wir das alles, erklären es, betrachten es gleichsam als historischen Fakt und vergessen zuweilen sogar, daß wir selbst es waren, die durch dieses Feuer mußten, daß wir selbst Beteiligte dieser Ereignisse waren, daß es uns selbst berührte, ja, über uns kam und uns Wunden zufügte.

Damals waren zehn Jahre für mich eine ungeheure Frist, nicht so wie jetzt: die Jahre fliegen dahin, es klickt, wie in einem Automaten, und ehe man sich versieht, ist es Abend, die Zeit vergeht, als wäre nichts gewesen. Damals aber fand beinahe das ganze Leben Platz in dieser Frist, es schien unendlich, und ich dachte, daß meine Mama, wenn ich diese Frist hinter mich gebracht hätte und erwachsen wäre, schon ein ganz altes grauhaariges zusammengeschrumpftes Mütterchen sei: Und das war schrecklich.

Meine damaligen Lebensumstände waren so: ich kehrte von der Front zurück, ging an die Tbilissier Universität und wohnte in einem Parterrezimmer, das mir meine Tante überließ, als sie in eine andere Stadt zog. Ich studierte an der Philosophischen Fakultät, schrieb nachgemachte Gedichte und lebte, wie ein einsamer Student in den Nachkriegsjahren leben konnte: ohne an die Zukunft zu denken, ohne Geld, sorglos und unbeschwert. Ich verliebte mich unsterblich, das half, den Hunger zu vergessen, und dachte, um mich aufzumuntern: Du bist gesund, was brauchst du mehr? Nur ein dunkles Geheimnis, das bittere Geheimnis der Trennung, bewahrte ich tief in mir, die Erinnerung an Mama.

Es gab ein paar Fotos von ihr, auf denen sie jung war: große braune Augen, glatt gekämmtes, im Nacken zusammengebundenes Haar, ein dunkles Kleid mit kleinem weißem Kragen, strenges Gesicht und Lippen, die jeden Augenblick schienen lächeln zu wollen. Und natürlich erinnerte ich mich noch an ihre Stimme, an ihre Art zu lachen, an ihre zärtlichen Worte, an winzige Kleinigkeiten. Ich liebte dieses verlöschende Bild, litt unter der Trennung, doch es war für mich nicht mehr als ein liebes, trügerisches, übersteigertes, unkonkretes Symbol.

Wand an Wand mit mir wohnte mein Nachbar Meladse, ein betagter, schwerfälliger Mann mit mächtigem Bart, aus dem graue Haare heraushingen. Er war unordentlich, mürrisch und wortkarg, besonders zu mir, als befürchte er, ich wolle ihn anpumpen. Von der Arbeit kehrte er stets auf eine mir unerklärliche Weise heim, niemand sah ihn je durch die Tür treten. Heute will mir scheinen, er ist mit seiner abgeschabten braunen Mappe durch die Lüftungsklappe geflogen. Wer er war, was er machte, weiß ich heute nicht mehr, und sicherlich habe ich es auch damals nicht gewußt. Er verkroch sich in sein Zimmer und ging fast niemals aus. Was mag er dort getan haben?

Wir waren ohne Anhang, er wie auch ich. Ich glaube, daß meine Nachbarschaft kein Zuckerlecken war für ihn. Bei mir versammelten sich oft solche, wie ich selber einer war: hungrige, unruhige Geister, auch Mädchen kamen, wir buken in einer Pfanne trockene Fladen aus Maismehl, entkorkten Flaschen mit billigem Wein, und all unser Schreien und Lachen, das Gläserklingen, die Flüstertöne, die Laute vom Küssen und Kosen drangen durch die dünne Wand zu Meladse hinüber, er duldete unseren Lärm voller Abscheu und verachtete mich. Damals war ich außerstande, das Maß seiner Geduld und seinen Edelmut – nicht ein Wort des Vorwurfs kam jemals über seine Lippen – zu begreifen. Er bemerkte mich einfach nicht, sprach nicht mit mir, und wenn ich ihn hin und wieder nachbarschaftlich um etwas Salz oder Streichhölzer bat oder um Nadel und Faden, so wies er mich nicht zurück, sondern gab mir das Gewünschte stumm und blickte dabei zur Seite.

An jenem denkwürdigen Tag kam ich spät nach Hause. Ich weiß nicht mehr, wo ich gewesen war. Er empfing mich im Vorraum, der als Küche diente, und streckte mir ein gefaltetes Blatt entgegen. »Ein Telegramm«, sagte er flüsternd. Das Telegramm war aus Karaganda. Es brannte in den Händen.

»Komme mit 501. Kuß Mama.« Meladse neben mir trat von einem Fuß auf den anderen, er schnaufte und beobachtete mich. Ganz mechanisch setzte ich den Petroleumkocher in Gang, drehte ihn wieder aus und stellte die Teekanne darauf.

Dann schickte ich mich an, meinen kleinen Küchentisch abzufegen, doch mittendrin hörte ich damit auf und legte die Wachstuchdecke auf.

Nun also war das Unwahrscheinlichste eingetreten, und wie plötzlich! Ein gewöhnliches Symbol gewann deutlich Konturen. Das, wovon ich ohne jede Hoffnung träumte, was ich insgeheim in einsamen Nächten beweinte, war greifbar nahe.

»Karaganda?« säuselte Meladse.

»Ja«, sagte ich traurig.

Er schnalzte bekümmert mit der Zunge und stöhnte laut.

»Irgendein Zug 501«, sagte ich, »wahrscheinlich ein Fehler. Haben Züge denn solche Nummern?«

»Nein«, flüsterte er. »Kein Fehler. Fünfhunderteins – das bedeutet fünfhundertfröhlich.«

»Warum fröhlich?« Ich verstand nicht.

Er schnalzte wieder.

In der Nacht konnte ich nicht schlafen.

Meladse hüstelte hinter der Wand. Am Morgen ging ich zum Bahnhof.

Der schreckliche Gedanke, ich könnte Mama nicht erkennen, peinigte mich, während ich die Werijski-Schlucht hinabstieg und weitereilte, die Jaurès-Straße entlang zum Bahnhof. Ich versuchte, mich mir selbst vorzustellen zwischen all den Waggons und Menschen, und sah dort, mitten im größten Gedränge, ein grauhaariges Mütterchen auftauchen, sah uns einander in die Arme fallen. Ich sah uns mit der Straßenbahnlinie 10 nach Hause fahren und Abendbrot essen, sah deutlich, wie angenehm ihr die Zivilisation und die Ruhe waren und die neuen Zeiten, und die neue Umgebung, und alles, was ich ihr erzählen, alles, was ich ihr zeigen würde, was sie vergessen hatte, was sie vermocht hatte zu vergessen, was sie sich abgewöhnt hatte, als sie weinend über meinen seltenen Briefen saß ...

Den Zug mit der seltsamen Nummer gab es wirklich. Er stand nicht im Fahrplan, und die genaue Ankunftszeit war selbst den Eisenbahnern nicht bekannt. Doch er wurde nichtsdestotrotz erwartet, man hoffte sogar, er werde gegen Abend in Tbilissi eintreffen. Ich ging wieder nach Hause. Ich wischte den Fußboden, wusch meine einzige Tischdecke und mein einziges Handtuch und versuchte mir die ganze Zeit über den einen Augenblick vorzustellen, wie Mama und ich uns begegnen würden und ob ich sie sofort erkennen würde, die jetzige, alt, grau und krumm gewordene, und wenn ich sie nicht erkenne ... nicht erkenne und vorbeilaufe an ihr, und sie mich ausmacht in der Menschenmenge und traurig wird oder an meinen Augen sieht, daß ich sie nicht erkannt habe, und das ihren Schmerz noch verschlimmert ... Gegen vier Uhr war ich wieder auf dem Bahnhof, aber der »fünfhundertfröhlich« hatte sich in den Weiten verloren. Jetzt erwartete man ihn für Mitternacht. Ich ging wieder nach Hause, und um das Fieber, das mich gepackt hatte, ein wenig zu senken, begann ich die Tischdecke und das Handtuch zu bügeln, fegte das Zimmer aus, klopfte den kleinen Läufer und fegte abermals ...

Draußen war Mai. Wieder eilte ich zum Bahnhof, mit der 10, inmitten fremder Mütter und ihrer Söhne, die nichts ahnten von meinem großen Tag, und wieder mit der heißen Hoffnung, den Rückweg nicht noch einmal allein antreten zu müssen, sondern den Arm um ihre schmalen Schultern gelegt. Ich wußte, daß ich bei Einfahrt des schier endlosen Zuges nicht nur einmal würde an ihm entlanglaufen und in der tausendköpfigen Menge meine Mama finden müssen, sie erkennen und in die Arme schließen, sie an mich drücken, sie erkennen unter den Tausenden anderen Passagieren und den sie Erwartenden, sie, die kleine, grauhaarige, schwache, erschöpfte ...

Nun also werde ich sie wiedersehen. Wir werden zu Hause zu Abend essen. Zu zweit. Sie wird von ihrem Leben erzählen, ich von meinem. Wir werden nicht in die Tiefe dringen oder Gründe suchen, wer woran Schuld trägt. Was geschehen ist, ist geschehen. Jetzt sind wir wieder zusammen ...

Und dann werde ich sie ins Kino führen, mag sie dort ihre Seele entspannen. Den Film habe ich auch ausgewählt. Das heißt, nicht eigentlich ausgewählt, vielmehr war er der einzige in Tbilissi, nach dem alle Welt verrückt war, der Beutefilm »Die Frau meiner Träume« mit der hinreißenden, bezaubernden Marika Rökk in der Hauptrolle. Das normale Leben in der Stadt war gleichsam angehalten, alles sprach von dem Film, jede freie Minute war man mit ihm beschäftigt, auf den Straßen wurden Melodien aus diesem Streifen gepfiffen und aus den weit geöffneten Fenstern drang Klavierspiel mit ebenjenen Motiven, die die Tbilissier so begeisterten. Es war ein Farbfilm, mit Tanz und Gesang, mit Liebesabenteuern und komischen Situationen.

Eine eindrucksvolle, tönende Show, die die Phantasie des Publikums in der schweren Nachkriegszeit aufleben ließ. Ich selbst hatte diesen Film sage und schreibe fünfzehnmal gesehen und war heimlich verliebt in die wunderbare, anmutig lächelnde Marika, und obwohl ich den Film auswendig kannte, erlebte ich ihn jedesmal neu und sah mich an der Stelle der Hauptgestalten. Nicht von ungefähr kam mir damals in den Sinn, daß meine Mama mit seiner Hilfe ins Leben zurückfinden würde. Sie wird all das sehen, dachte ich, und sicher mit der Zeit loskommen von ihren trüben Gedanken und sich erfreuen am Anblick des Wunderbaren, wird die Welt in sich aufnehmen und die Ruhe und Glückseligkeit, und die Musik, und das wird sie wieder ins Leben holen, wird ihr die Liebe wiedergeben und auch mich ...

Und die Heldin? Eine junge Frau, die Glück spendet. Die freigebige Natur hatte sie mit einem geschmeidigen, gesunden Körper gesegnet, mit einer goldglänzenden Haut, mit langen, vollendet schönen Beinen und einem betörenden Busen. Die leidenschaftlichen, sinnlichen Tbilissier versanken schmachtend in ihren strahlenden Augen, und sie lachte und demonstrierte ihren Mund und tanzte, umworben von kräftigen, heißblütigen, sorglosen jungen Männern. Sie begleitete mich überallhin. Sie machte es sich sogar auf meinem nicht mehr brandneuen Sofa bequem und sah mich, die Beine übereinandergeschlagen, aus ihren blauen Augen unverwandt an und verströmte nie gekannten Duft und österreichisches Wohlergehen. Ich wagte natürlich nicht, auch nur daran zu denken, sie durch meine grobschlächtige Lebensweise oder durch irgendwelchen Nachkriegsjammer zu demütigen ... oder durch Anspielungen auf Mamas bittere Wüstenei von Karaganda. Sie war auch dadurch schön, daß sie nichts ahnte von der Existenz dieser übervölkerten Stätten, die so gar nichts gemein hatten mit ihrer schönen blauen Donau, an deren Ufern sie tanzte, glücklich und unbedarft. Die Ungerechtigkeit und Bitternis betrafen sie nicht. Mochten wir ... mochte uns ... nicht aber sie, nicht ihr. Ich hütete sie wie einen Edelstein, und von Zeit zu Zeit holte ich sie heraus aus dieser Verwahrung, um mich zu ergötzen, und tauchte ein in das Flimmern der nach Karbol riechenden Kinoleinwände.

Auf dem Bahnhofsvorplatz herrschte ein Heidenlärm. Der gesamte Raum vor dem Bahnhof war von einer bunten Menschenmenge überflutet. Der Asphalt starrte von Koffern und Bündeln. Lachen und Weinen ... und Geschrei ... und böse Worte ... Ich begriff, daß ich zu spät gekommen war, offenbar aber nicht viel, also war noch Hoffnung. Ich fragte auf ihren Sachen sitzende Leute, ob es der »501« gewesen sei, mit dem sie angekommen waren. Doch sie waren aus Batumi.

Mir fiel ein Stein vom Herzen. Ich drängte mich durch bis zur Auskunft und schrie etwas von »501«, aber die hinter dem Schalter, eine abgespannte, müde Frau, verstand zuerst gar nichts, weil sie mehrere Antworten auf einmal abspulte, und als sie endlich verstanden hatte, schrie sie mir, wobei ihr rote Flecken ins Gesicht traten, bärbeißig zu, daß der »501«, dieser idiotische Zug, schon vor einer Stunde angekommen wäre und daß schon keiner mehr da wäre und alle vor einer Stunde ... und schon längst keiner mehr ... Auf dem Vorplatz, der einem sonntäglichen Basar glich, saß ein krummes Muttchen inmitten eines wüsten Haufens aus Koffern und Bündeln und blickte sich hilflos nach allen Seiten um. Ich ging auf sie zu. Irgend etwas in ihrem Gesicht vermeinte ich zu erkennen. Ich verhielt meinen hölzern werdenden Schritt. Sie hatte mich bemerkt, sah sich argwöhnisch nach mir um und legte ihre kleine Hand auf den nächstgelegenen Packen. Ich begab mich zu Fuß nach Hause, in der Hoffnung, meine Mama unterwegs zu überholen. Doch ich gelangte bis zur Tür, ohne ihr zu begegnen. Im Zimmer war es öd und still. Hinter der Wand hüstelte Meladse. Also mußte ich den Weg zum Bahnhof noch einmal machen, ich ging hinaus, und an der nächsten Ecke sah ich Mama! Sie näherte sich langsam dem Haus. In der Hand hatte sie einen Sperrholzkoffer. Sie war dieselbe, als die ich sie kannte: Hochgewachsen und schlank, in einem grauen, knittrigen Kattunkleid. Kräftig, braungebrannt, jung. Ich weiß noch, wie glücklich ich war, sie so zu sehen und nicht alt und krumm.

Die Dämmerung war angebrochen. Mama umarmte mich, drückte ihre Wange gegen meine. Der Koffer stand auf dem Fußweg. Vorübergehende achteten nicht auf uns: in Tbilissi, wo das Küssen zur Begrüßung gehört, war unsere Umarmung nichts Ungewöhnliches.

»Da bist du ja!« sagte sie. »Da bist du ja, mein Junge, mein Kleiner.« Und das war wie früher, wie einst.

Langsam gingen wir zum Haus. Ich hatte meinen Arm um ihre Schultern gelegt und wollte fragen, so wie man jemanden fragt, der eben erst angekommen ist: »Na, wie gehts dir? Wie ist es dort gewesen?« Aber ich besann mich eines anderen und schwieg.

Wir gingen hinein. Ins Zimmer. Ich ließ sie auf dem alten Sofa Platz nehmen. Hinter der Wand hüstelte Meladse. Ich ließ sie Platz nehmen und sah ihr in die Augen. Diese großen braunen, mandelförmigen Augen waren jetzt hier bei mir ... Als ich mich auf den Empfang vorbereitete, hatte ich gedacht, es würde viele Tränen und bitteres Wehklagen geben, und mir vorsorglich einen Satz zurechtgelegt, um sie zu trösten, etwa: »Mama, du siehst doch, ich bin gesund, bei mir ist alles in Ordnung, und auch du bist gesund und so schön, jetzt wird alles gut, du bist wieder da, wir sind wieder zusammen ...« Ich hatte diese Worte im stillen viele Male wiederholt, hatte mich auf die erste Umarmung, auf die ersten Tränen, auf das, was nach der zehnjährigen Trennung sein würde, eingestellt ... Und nun sah ich ihr in die Augen. Sie waren leer und ohne Tränen und weit entfernt, sie sah mich an und sah mich nicht, ihr Gesicht war starr wie Stein, die Lippen leicht geöffnet, die kräftigen, sonnengebräunten Hände lagen schwer auf den Knien. Sie sagte nichts, stimmte nur hin und wieder meinem tröstenden leeren Geschwätz über alles mögliche, nur nicht über das, was in ihrem Gesicht geschrieben stand, zu ... Vielleicht wäre es besser, wenn sie klagte, dachte ich. Sie rauchte eine billige Machorka. Und strich mir mit der Hand übers Haar.

»Jetzt werden wir etwas essen«, sagte ich forsch. »Was möchtest du?«

»Was?« fragte sie.

»Möchtest du etwas essen? Du hattest eine lange Reise.«

»Ich?« Sie verstand nicht.

»Natürlich du«, lachte ich.

»Ja«, sagte sie fügsam, »und du?« Und lächelte sogar, wie es schien, blieb aber so sitzen, die Hände auf den Knien.

Ich sprang auf, zündete den Kocher in der Küche an, rührte den Rest vom Maismehl ein und schnitt ein kleines Stück Käse aus Imeritinsk ab, der sich wie durch ein Wunder in meinen verschwindend geringen Vorräten erhalten hatte. Ich breitete das alles auf dem Tisch vor Mama aus, damit sie sich freuen konnte und aufmerkte: so einen Sohn also hatte sie, und das war sein Zuhause, und wie ihm alles von der Hand ging, und daß wir stärker waren als die Umstände, daß wir sie überwinden mit Mut und Liebe. Ich lief geschäftig hin und her vor ihr, sie aber verharrte teilnahmslos und rauchte eine Zigarette nach der anderen. Der Teekessel kochte, ich stellte ihn auf den Tisch. Zum erstenmal war ich so geschickt, so flink und akkurat mit dem Geschirr, dem Kocher, der einfachen Kost umgegangen – damit sie sah, mit mir würde sie nicht untergehen. Das Leben geht weiter. Natürlich, nach all dem, was sie von zu Hause, von mir getrennt hatte ... sofort war nichts wiederherzustellen, aber nach und nach, mit Geduld ...

Als ich die Fladen vom Feuer nahm, quietschte die Tür. Meladse schnaufte hinter mir. Er reichte mir eine Schüssel.

»Aber«, sagte ich, »wir haben alles ...«

»Nimm schon, Junge«, sagte er brummig, »ich weiß ...«

Ich nahm ihm die Schüssel ab, er ging jedoch nicht.

»Kommen Sie«, sagte ich, »ich mache Sie mit meiner Mama bekannt«, und stieß die Tür weit auf.

Mama saß noch immer so, die Hände auf den Knien. Ich dachte, angesichts des Gastes würde sie sich erheben und lächeln, wie es üblich war: angenehm, sehr angenehm ... und sich vorstellen, doch sie streckte nur stumm ihre Hand hin und ließ sie wieder schwer auf die Knie sinken.

»Setzen Sie sich«, sagte ich und rückte ihm einen Stuhl zurecht. Er setzte sich gegenüber. Und legte seine Hände ebenfalls auf die Knie. Es war schon ziemlich duster. Vor dem Fenster nahmen sich die beiden aus wie Statuen, unbeweglich in gleicher Pose verharrend, sogar ihre Profile schienen mir ähnlich.

Worüber sie sprachen und ob sie überhaupt sprachen, während ich in der Küche hantierte, weiß ich nicht. Aus dem Zimmer drang kein Laut. Als ich wieder eintrat, bemerkte ich, daß Mamas Hände nicht mehr auf den Knien ruhten und sie selbst ein wenig vorgeneigt saß, als ob sie zuhörte.

»Batyk?« sprach Meladse in die Stille.

Mama sah mich an, dann sagte sie:

»Sharyk ...«, und lächelte verlegen.

Solange ich von der Küche ins Zimmer und umgekehrt unterwegs war, tauschten sie kurz unverständliche Worte aus, alles im Flüsterton, nur mit den Lippen. Meladse schnalzte mit der Zunge und schüttelte den Kopf. Ich entsann mich, daß Sharyk die Station hieß, in deren Nähe Mama gewesen war, von dorther waren ihre Briefe zu mir gekommen, aus denen ich erfahren hatte, daß sie gesund und munter war und alles bei ihr bestens stand, studiere Du nur gut, ich bitte Dich sehr, mein Junge ... und dorthin hatte ich alles geschrieben, was mich betraf, daß ich gesund und munter war und alles bei mir zum besten stand und daß ich an einem Aufsatz über Puschkin schrieb, daß mich alle lobten, sorge Dich nicht um mich, ich bin sicher, daß letzten Endes alles gut wird und wir uns wiedersehen ... Und nun sahen wir uns wieder, nun würde sie nach dem Aufsatz und den anderen unverantwortbaren Märchen fragen ...

Meladse lehnte den Tee ab und zog sich zurück. Mama sah mich zum erstenmal bewußt an.

»Was ist mit ihm«, fragte ich flüsternd. »Ist er auch dort gewesen?«

»Wer?«

»Na wer schon, er ... Meladse.«

»Meladse?« wunderte sie sich und sah aus dem Fenster. »Was für ein Meladse?«

»Na wie was für ein?« platzte ich heraus. »Mama, hörst du mich? Meladse ... mein Nachbar, mit dem ich dich bekannt gemacht habe ... Ist er auch ... dort gewesen?«

»Still, still.« Sie verzog das Gesicht. »Nicht davon, mein Kleiner.«

O Meladse, du einsamer Mensch, du schnaufst vor dich hin auf totem Gleis und standst doch einst auch voller Saft wie eine Kornelkirsche, und dein Jungengesicht mit heißen Lippen und flammendem Bart erhellten Millionen Wünsche. Die Lippen sind welk, der Bart zerzaust und eingefallen die vollen Wangen. Ich habe gelacht über dich, habe dich verstohlen meinen Freunden gezeigt: Paßt auf, Kinder, wenn ihr euren Brei nicht eßt, werdet ihr aussehen wie dieser Opa ... Wir hatten noch volle Lippen und gute Augen und wunderten uns über dich, wenn du linkisch von einem Fuß auf den anderen tratst oder vorsichtig und stets auf der Hut den Kopf aus der Tür stecktest ... Wovor hattest du Angst, Meladse?

Wir tranken Tee. Ich wollte fragen, wie es ihr dort ergangen war, doch ich traute mich nicht. Und begann hastig etwas über mein Leben zusammenzuschwindeln. Es war, als höre sie, sie nickte, schien interessiert, und sie lächelte, bedächtig kauend. Sie stieß an die heiße Teekanne und betrachtete ihre bekleckerte Hand.

»Macht nichts«, tröstete ich sie, »ich wisch die Kanne ab und fertig.«

»Mein armer Kleiner«, sagte sie ins Ungewisse und fing plötzlich an zu weinen. Ich beruhigte sie, tröstete: es ist doch bloß die Kanne. Sie wischte die Tränen ab, schob die leere Tasse zurück und lächelte verlegen. »Gut, schon gut«, sagte sie, »achte nicht darauf.« Und rauchte wieder.

Meladse hüstelte hinter der Wand.

Macht nichts, dachte ich, wird sich alles geben. Wir trinken Tee, und dann führe ich sie ins Kino. Sie weiß noch nicht, was sie zu sehen bekommt. Nach allem, was war, auf einmal blaue Wellen, Musik, Fröhlichkeit, Sonne und Marika Rökk, so dachte ich und kniff die Augen zusammen, und das nach allem, was war ...

Nimm das Beste, das Wertvollste, was ich besitze, ich schenke es dir, dachte ich und atmete schwer unter der Last meiner Wohltätigkeit. Ich sagte zu ihr: »Weißt du, ich habe eine Überraschung für dich, doch dazu müssen wir aus dem Haus gehen und ein Stück laufen.«

»Aus dem Haus?« Sie verzog das Gesicht.

»Hab keine Angst«, lachte ich. »Vor nichts mußt du jetzt mehr Angst haben. Du wirst ein Wunder erleben, Ehrenwort! Ein solches Wunder ist das, das wirkt wie Medizin ... Hast du gehört? Komm, komm, wir gehen.«

Gehorsam erhob sie sich.

Wir gingen durch das abendliche Tbilissi. Wieder wollte ich sie fragen, wie sie dort gelebt hatte, doch ich fragte nicht: Alles hatte sich so gut angelassen, der Abend war angenehm, und ich war glücklich, so neben ihr zu gehen, Arm in Arm. Sie war schlank und schön, meine Mama, selbst in diesem grauen, knittrigen Kattunkleid, das so gar nicht zu Tbilissi paßte, und mit den abgetragenen unförmigen Sandalen. Von dort, dachte ich, direkt hierher, in diese wohltuende Wärme, in dieses Leuchten unter den Platanen, dieses Tosen der frohgestimmten Menschen ... Und dann dachte ich noch, daß ich sie natürlich würde dazu bringen müssen, etwas anderes anzuziehen, sich schön zu machen, denn sie trug ja noch das gleiche, was sie dort getragen hatte. Es war Zeit, zu vergessen.

Ich führte sie den Rustaweli-Prospekt entlang, und sie ging ergeben neben mir und fragte nichts. Als ich die Eintrittskarten kaufte, stand sie reglos an der Wand und sah zu Boden. Ich nickte ihr von der Kasse aus zu, und sie schien zu lächeln. Wir saßen in dem stickigen Saal, und ich sagte zu ihr: »Jetzt erlebst du ein Wunder, es ist so schön, daß man es gar nicht beschreiben kann ... Sag mal, hat man euch dort auch etwas gezeigt?«

»Was?« fragte sie.

»Na irgendwelche Filme ...« Ich begriff, daß ich Unsinn redete. »Vielleicht manchmal ...«

»Uns?« fragte sie und lachte leise auf.

»Mama«, flüsterte ich aufgeregt, »was ist mit dir? Ich meine doch dort, wo du gewesen bist ...«

»Ja, natürlich«, sagte sie abwesend.

»Es ist schön, daß wir jetzt wieder zusammen sind«, sagte ich wie ein erfahrener Friedensstifter im Vorgefühl des Vergnügens.

»Ja, ja«, flüsterte sie und meinte irgend etwas anderes. Ich sah bald zur Leinwand, bald zu Mama, ich teilte mit ihr meinen Reichtum, ich schenkte ihr das Beste, was ich hatte, der Saal barst vor Erwartung und Gelächter, er stöhnte, klatschte, summte die Lieder mit ... Und meine Mama saß da, den Kopf gesenkt.

»Ist das nicht stark!« flüsterte ich. »Guck, guck, jetzt kommt das Interessanteste. Guck doch, Mama!«

Dabei hatte sich in meinem immer wieder abgleitenden Bewußtsein schon mehrmals der unbegreifliche Gedanke gerührt, daß die Umstände, unter denen Mama dort gelebt hatte, unvereinbar sein könnten mit dem berauschenden österreichischen Karneval an den Ufern der schönen blauen Donau.

Mama hörte meine begeisterten Rufe, sie hob den Kopf, sah nichts und senkte ihn wieder. Die wunderschöne Marika saß nackt in einem Bottich, der überquoll vor Seifenschaum. Sie wusch sich mit Hingabe. Der Saal himmelte sie an und gluckste vor Entzücken. Ich bog mich vor Lachen und sah Mama voller Hoffnung in die Augen. Sie war bemüht, mir als Antwort zuzulächeln, aber es gelang ihr nicht.

»Laß uns weggehen von hier«, flüsterte sie plötzlich.

»Aber jetzt kommt doch das Schönste«, sagte ich verstimmt.

»Bitte, laß uns gehen ...«

Langsam gingen wir nach Hause, ohne ein Wort. Sie erkundigte sich nach nichts.

Nach den prächtigen, beeindruckenden Kleidern der unvergleichlichen Marika wirkte Mamas Kleid noch grauer und trauriger.

»Du bist so braun«, sagte ich, »und so schön. Ich hatte geglaubt, eine alte Frau zu sehen, aber du bist so schön.«

»So ist das eben«, sagte sie ohne Interesse und strich mir über die Hand.

Im Zimmer setzte sie sich wieder auf den gleichen Stuhl, starrte vor sich hin, die Hände auf den Knien, während ich hastig unsere Schlafplätze zurechtmachte. Für mich auf dem Sofa, für sie im Bett. Sie wollte widersprechen, wollte, daß ich im Bett schlafe, weil sie lieber auf dem Sofa, ja ja, nein nein, ich bitte dich, du sollst auf mich hören, sie versuchte ihrer Stimme einen scherzhaften Ton zu geben, Mama, ich ... du sollst auf mich hören ... Mama, ich ... und dann, an niemanden gewandt, einfach so in den Raum: Mama ... Mama ... Ma-ma ... Ich ...

Ich ging in die Küche. Meladse saß ganz gegen seine Gewohnheit auf dem Hocker. Er sah mich fragend an. »Ich war mit ihr im

Kino«, flüsterte ich bedauernd, »aber sie wollte mittendrin gehen.«

»Im Kino?« wunderte er sich. »Was für ein Kino, Junge? Sie muß sich ausruhen ...«

»Sie ist irgendwie ganz anders geworden«, sagte ich. »Vielleicht verstehe ich was nicht ... Wenn ich was frage, fragt sie zurück, als hätte sie es nicht gehört.«

Er schnalzte mit der Zunge. »Wenn jemand nichts Falsches sagen will«, sagte er flüsternd, »spricht er langsam, er überlegt, verstehst du? Er denkt nach ... Er braucht Zeit ... Das ist ihm zur Gewohnheit geworden.«

»Hat sie Angst, mir etwas Falsches zu sagen?« fragte ich.

Er fuhr auf.

»Dir doch nicht, nicht dir, du Dummkopf ... Dort«, er hob den Zeigefinger, »dort bist nicht du gewesen, dort haben andere gefragt – wieso, warum – verstehst du?«

»Ja«, sagte ich.

Ich hoffte auf den nächsten Tag. Morgen wird alles anders. Sie muß die schwere Bürde des Gewesenen von sich werfen ... Ja, Mama? Alles läßt sich vergessen, vergessen, vergessen ... Wir werden wieder zurückkehren an die schöne blaue Donau, werden uns mit den anderen, von denen wir uns dann nicht mehr unterscheiden, an der Schönheit, der Jugendlichkeit, der Musik erfreuen ...

»Kauf ihr Obst«, sagte Meladse.

»Was für Obst?« Ich verstand nicht.

»Kirschen. Kauf ihr Süßkirschen.«

In der Zwischenzeit hatte sich Mama in ihrem grauen Kleid, ohne sich zuzudecken, auf das Sofa gelegt, zusammengerollt wie ein kleines Mädchen. Als ich ins Zimmer trat, sah sie mich an und lächelte schwach, so vertraut wie immer abends.

»Mama«, sagte ich vorwurfsvoll, »ich schlafe auf dem Sofa.«

»Nein, nein«, sagte sie eigensinnig und lachte.

»Magst du Kirschen?« fragte ich.

»Was?« Sie verstand nicht.

»Ob du Kirschen magst? Süßkirschen?«

»Ich?«

1985

Schlaf, Kartöffelchen

Vor vielen, vielen Jahrzehnten, neunzehnhundertneunundzwanzig, wurde Iwan Iwanytsch einfach Wanwantsch genannt, was dem Geist der Zeit entsprach. Aber eigentlich hieß er Otarik. Er hatte eine Kinderfrau aus dem Tambowschen – Akulina Iwanowna, gutmütig, dicklich, mit rundem Gesicht, blauen Äugelchen, in denen immer eine Träne stand, und vielen, vielen Sorgenfalten, die mit ihrer Gutherzigkeit und der sanften, bronzenen Stimme eine eigenartige Verbindung eingingen: »Otarik, Otarik mein Kleinerchen? ... Was hast du da bloß wieder angestellt, mein Kleinerchen?... Ajaj, schämst du dich nicht? Schämst du dich nicht? So ist es brav, mein Blümlein ... Der liebe Gott sieht alles und denkt: Was hat unser Blümlein da bloß wieder angestellt? ... Ja, ja ...«

»Der liebe Gott, der liebe Gott« – murmelte er im Beisein der Mutter verächtlich und ironisch.

»Was heißt hier – lieber Gott?« – sie zog

ihre schwarzen Augenbrauen hoch, und Zorn blitzte in ihren sanften, dunklen Augen auf. Die sechsundzwanzigjährige Bolschewikin gab sich Mühe, Akulina Iwanowna so verständlich wie möglich zu erklären, daß ihre Vorstellung von der Welt, in der bereits eine Revolution stattgefunden hatte, falsch sei und es nicht angehe, es einfach nicht angehe, ja, daß es sogar ein Verbrechen sei, die neue Generation mit alten, verworfenen, auf Unwissenheit beruhenden Begriffen zu erziehen. Akulina Iwanowna nickte, sah die Mutter mit ihren blauen Äugelchen teilnahmsvoll an, und ihr Herz wollte schier vor Mitleid mit dieser jungen, strengen, unglücklichen, verirrten, getauften Armenierin zerspringen.

Wenn sie sich bekreuzigte, so tat sie es nicht mit großen Gebärden, nicht eifrig, nicht auffällig, eher ganz für sich, in irgendeinem stillen Eckchen. Sicherlich wollte sie diese merkwürdigen Gottlosen – jung und leichtsinnig, jedoch auch herzlich und freigiebig – schonen. Möglicherweise betete Akulina Iwanowna sogar für sie, daß der liebe Gott auch ihnen sein Antlitz zuwenden möge. Ihr weißes Tuch mit den verblichenen rosa Ornamenten schien sie nie abzunehmen, jedenfalls kann Iwan Iwanytsch sich heute nicht an einen solchen Fall erinnern. Die Vorwürfe der Mutter konnten Akulina Iwanowna nicht aus dem Gleichgewicht bringen, aber ein sanftes, verlegenes Lächeln, weit entfernt von jeglicher Verbitterung, legte sich auf ihre Lippen, sie bewegte sich irgendwie seitlich vorwärts, und die Mutter blickte ihr mit liebevoller Verwunderung nach.

»Was ist, Kartöffelchen«, fragte Akulina Iwanowna den fünfjährigen Wanwantsch, »gestatten wir uns einen Tee?«

Der Teenektar wurde für gewöhnlich in Nastjas Zimmerchen geschlürft. In Wanwantschs Augen war diese Nastja eine uralte Frau. Wenn ihre spindeldürre Silhouette in die Gemeinschaftsküche gehumpelt kam, brannte bald eine kalte, strenge Flamme auf dem Gasherd, und die Gesichter der Anwesenden nahmen fromme Züge an. Sie war als blutjunges Mädchen zu dem Fabrikanten Kaminski gekommen, und bald hatte sie sich zu einer ausgezeichneten Köchin entwickelt und gehörte zur Familie. War es die liberale Familie, waren es Nastjas natürliche Gaben, die sie emporhoben – ich weiß es nicht. Sie wohnte in einer winzigen Kammer hinter der Küche, wo sich ihr Eisenbett, ein kleiner Tisch und ein Wandschränkchen mit Konfitüre- und Honiggläsern befanden und in der Ecke eine Ikone mit Lämpchen hing. Sie war streng und wortkarg, doch Wanwantsch entdeckte eines Tages hinter ihren zusammengepreßten, blassen Lippen eine Wärme- und Lichtquelle, die, wie es ihm schien, nur für ihn bestimmt war. Er wußte das, weil er von Zeit zu Zeit mit ihr heimliche, vieldeutige Blicke wechselte.

Und da saßen sie nun alle drei an Nastjas Tischchen und pusteten auf die Untertassen. Der dickflüssige Tee duftete, der Strahl floß klingend in die Tasse, und Wanwantsch gab sich Mühe, die Untertasse in den gespreizten Fingern zu halten, er schnaufte wie die beiden Alten und wischte sich den eingebildeten Schweiß von der Stirn.

»Na, Kartöffelchen, wie schmeckt's uns?«

Dieser merkwürdige Spitzname war Akulina Iwanowna einmal entschlüpft, als sie entdeckte, daß seine Nase an eine kleine Kartoffell erinnerte. »So ein kleines Kartöffelchen ... Was haben wir denn da für ein Kartöffelchen? ... Kartöffelchen ...«

Die beiden Alten saßen auf Hockern, Wanwantsch wie immer auf Nastjas Bett und baumelte mit den Beinen. Worüber die beiden leise und eindringlich sprachen, verstand er nicht, wozu auch. Er hatte seine eigenen Gedanken und Gefühle. Er sah noch keinen Unterschied zwischen Fabrikanten und Arbeitern, zwischen Kulaken und Knechten, zwischen Klugen und Dummen. Dunkel und Licht allerdings, Winter und Sommer, Güte und Hartherzigkeit konnte er mit schlafwandlerischer Sicherheit unterscheiden, mit einem angeborenen kindlichen Professionalismus.

... Nastja wurde nicht mehr gerufen, wenn es nicht unbedingt erforderlich war. Sie war nicht auf dem Posten, lag immer öfter in ihrer Kammer, und Wanwantsch wußte, daß Nastja krank war; manchmal öffnete er verstohlen ihre Tür und sah, wie sie unter dem großen, alten, gewürfelten Tuch in ihrem Bett lag und ihm zuzwinkerte.

»Los, Kartöffelchen, komm spazieren« – Akulina Iwanowna half ihm mit ihren weichen, dicklichen Händen beim Anziehen. Lange schnieften und schauften sie in dem halbdunklen Korridor ihrer Gemeinschaftswohnung auf dem Moskauer Arbat; die Begegnung mit dem januarkalten Hof war kein Spaß, deshalb der wattierte Mantel und die Fellmütze, die Fausthandschuhe und der Schal ... und die Filzstiefel und der alte wacklige Schlitten – weiß Gott aus welchen Zeiten.

So ein Arbat-Hof war unermeßlich groß und vertraut, mit allem, was er umfaßte – die Häusermauern, die den Hof eingrenzten, die Fenster, die Mülltonnen in der Mitte, die schwächlichen Bäumchen, die Gerüche, die typische Arbat-Sprache – all das ging in Fleisch und Blut über und bedurfte keiner Erklärungen. Es war herrlich, in den tiefen Schneewehen zu versinken, woraufhin die weichen, heißen Finger von Akulina Iwanowna gründlich und lange den Schnee aus Kragen und Filzstiefeln rausklaubten. »Ach, du Bürschchen, du bist ja voller Schnee! Was bist du nur für ein unartiges Kind?! ...«, und all das klang eher wie eine Belohnung, er fühlte das und schaute ihr in die blauen, schalkhaften Äuglein und rannte gleich wieder los, um sich im nächsten Schneehaufen einzubuddeln oder vom Schlitten zu fallen, um den Hügel herunterzukollern.

»Na warte, Kartöffelchen ... Er sieht alles!«

»Wer?« fragte er, während sie den Schnee von ihm abklopfte.

»Der da oben« – und sie deutete mit dem Kopf zum niedrigen Winterhimmel«, der da, der da.« Sie sprach den verbotenen Namen nicht aus.

Natürlich liebte er sie. Außer ihr hatte er niemanden. Der Papa war für ihn lediglich ein Phantasiebild, fern und unwirklich. Die gespensterhafte Mama erschien höchst selten, abends, für einen kurzen Augenblick, wenn er noch nicht eingeschlafen war, und drückte ihn nach einem aufregenden Arbeitstag müde an sich, doch dabei war sie mit den Gedanken ganz woanders, als käme sie aus einer anderen Welt.

»Mamilein, ich habe mich heute im Schnee gewälzt!«

»Was du nicht sagst!« entgegnete sie zertreut mit gespieltem Interesse. »Willst du jetzt nicht schlafen?«

»Erzähl mir was.«

»Die Kinderfrau erzählt dir was.«

Und die Kinderfrau erzählte. Sie hielt sein Händchen in ihrer weichen, heißen Hand, und durch diese Hand floß etwas Leises und Buntes in sein reines Blut, etwas, wovon man nachts träumt und was einen am Tage verfolgt und am Ellenbogen stößt. Sie sah ihm in die weit geöffneten kaukasischen Augen, in denen es sich die Weise Wassilissa, Mikula, Aljonuschka und die Engel des Herrn gemütlich gemacht hatten. Die Märchen spielten in Tambow, er dagegen stellte sich ein Kiefernwäldchen am Rande von Moskau vor. Und der dumme Zar verbeugte sich vor dem einfältigen Iwanuschka.

»Nun schlaf, mein Kleinerchen, schlaf, Kartöffelchen ...«

Manchmal brachte jemand von Papa Mandarinen aus dem fernen Tbilissi mit, wo der

Vater mit Haut und Haar von der Parteiarbeit verschlungen wurde. Akulina Iwanowna lernte die ungewöhnliche Frucht zu schälen und steckte Wanwantsch die saftigen Mandarinenscheiben in den Mund.

»Und Sie, Akulina Iwanowna?« fragte die Mutter. »Kosten Sie bitte auch mal.«

Akulina Iwanowna rollte die orangefarbene duftende Kugel in ihren Händen hin und her, lächelte und schüttelte ganz leise ihren Kopf mit dem obligatorischen Tuch.

»Das ist für Kartöffelchen ... Mandalinen! So was! Das habe ich noch nie gesehn und nie davon gehört, so was! ...«

»Probieren Sie doch wenigstens mal« – die Mutter bestand darauf –, »bitte«.

Akulina Iwanowna seufzte und preßte fest die Lippen zusammen. »Er soll dieses edle Äpfelchen essen, ich mag nicht, ich trinke lieber Tee mit Zucker.« Und sie legte die Mandarinen ganz hinten in den Geschirrschrank.

»Legen Sie sie nicht weg«, sagte die Mutter ärgerlich, »es kommen noch welche. Bewirten Sie wenigstens jemanden damit.«

Da strahlte Akulina Iwanowna übers ganze Gesicht. »Na, Kartöffelchen, wen wollen wir bewirten?« Und sie blickte Wanwantsch verschmitzt in die Augen. »Shorshetta vielleicht?«

Er nickte und rannte Shorshetta holen.

Shorshetta Kaminski war sechs. Hatte Wanwantsch kastanienbraune Locken, die von Jahr zu Jahr dunkler und widerspenstiger wurden, so hatte Shorshetta pechschwarze, seidenweiche Ringellocken. Die Fünfzimmergemeinschaftswohnung auf dem Arbat hatte früher Jan Kaminski, dem Eigentümer einer kleinen Lederfabrik, gehört. Die Fabrik war verstaatlicht worden, und der frühere Besitzer arbeitete jetzt dort als Wirtschaftsleiter. In der eigenen Wohnung hatte man ihm ein Zimmer überlassen, in dem alle drei Kaminskis demütig und dankbar Platz fanden: Jan Adamowitsch selbst, Jusja Juljewna und Shorshetta. Der gesellschaftliche Status beschäftigte bislang weder Wanwantsch noch Shorshetta, und auch für die Erwachsenen war das kein Diskussionspunkt. Nicht einmal die Tatsache, daß Wanwantschs Eltern gleich zwei Zimmer bekamen, rief Verwunderung hervor: sie waren die neuen Herren. In beiden Zimmern standen die ehemaligen Möbel der Kaminiskis, und auch das wurde als normal empfunden. Die Mutter schaffte es lange Zeit nicht, den wunderschönen Sekretär aus karelischer Birke zu öffnen, so daß sie ständig die rothaarige, hellhäutige Jusja Juljewna rufen mußte, die auf der Stelle erschien und mit einem Lächeln und einer leichten, energischen Bewegung ihr ehemaliges Eigentum öffnete, wobei weder Verbitterung noch Verlegenheit auf ihrem gepflegten rosigen Gesicht zu erkennen war.

»So geht das«, sagte sie, »allez, ich bitte herzlich ...«

Jan Kaminski, immer ordentlich und in einem tadellosen Anzug, rief, obwohl er in den Augen der Mieter höchst bürgerlich aussah, keinerlei Befremden und Feindseligkeit hervor. Ausgenommen bei Irina Semjonowna, die erst unlängst mit ihrem bereits erwachsenen Sohn Fjodor in eines der Zimmer gezogen war. Ihre Uglitscher Philosophie, die noch nie auf Widerspruch gestoßen war, gründete sich auf das provinzielle Postulat, nach dem alles, was man nicht kannte, für gefährlich erklärt wurde und wogegen man wenn nicht gerade kämpfen, so doch wenigstens protestieren mußte, und wenn schon nicht laut, dann mit Hilfe von Gesten, einem abfälligen Gesichtsausdruck und weiteren geheimnisvollen Mitteln, die ihre Feindseligkeit zum Ausdruck brachten. Irina Semjonowna konnte Jusja Juljewnas Stimme nicht ertragen. Jusja Juljewna hatte in der Tat nicht die angenehmste Stimme: es überwogen die schrillen Töne, die im übrigen die harmlose, gebieterische Manier unterstrichen. Die Kaminskis redeten miteinander französisch. Diese fremden, unverständlichen Laute konnten Irina Semjonowna ebenfalls nicht beglücken, und wenn in der Küche französisch gesprochen wurde, dann ging ihr alles daneben. Zum Beispiel fiel ihr der Deckel vom Suppentopf aus den Händen, sie fing das auf dem Boden rollende Ungeheuer auf und legte es zurück auf seinen Platz. »Uh, der Teufelsbraten! ... Ich werde dich! ... Machst einen Krach!« und zwinkerte dabei Akulina Iwanowna zu. Und wenn Jan Adamowitsch gegen Abend aus alter Gewohnheit in seinem obligatorischen Anzug aus irgendeinem Anlaß mit einer Flasche Champagner in der Küche erschien, die aus dem alten Regime stammenden Pokale auf den Tisch stellte, füllte und »alle anwesenden Damen« mit einer ausholenden Geste einlud, ein Schlückchen zu trinken, weil Jusja Juljewna Namenstag oder sie ihren fünfzehnten Hochzeitstag hatten, oder weil Wanwantschs Papa gerade aus Tbilissi angekommen war oder anläßlich des proletarischen Feiertages, des Ersten Mai (Anlässe gab es genügend), und alle unter lautem Beifall ihre Pokale erhoben, dann verzog Irina Semjonowna ihre Lippen zu einem angewiderten Lächeln, leerte den Pokal und schimpfte: »Pfui, wie kann einem so etwas schmecken?« und verließ auf der Stelle die Küche.

Jusja Juljewna roch nach französischem Parfüm.

»Heute ist mir die Kohlsuppe wunderbar gelungen!« sprach sie voller Pathos, und der Wohlgeruch der Kohlsuppe vermischte sich mit dem Geruch des Parfüms. Sie bot allen eine Kostprobe an, da sie nicht sehr an ihre kulinarischen Fähigkeiten glaubte. »Ich lerne ja noch, ich lerne noch«, lachte sie, »das ist natürlich eine große Kunst, aber früher habe ich mich mit anderen Dingen beschäftigt, jetzt ist Kohlsuppekochen mein Beruf.«

»Das ist ein Süppchen!« rief Akulina Iwanowna aus, nachdem sie gekostet hatte. »Mit den verschiedensten Kräutern, so was!«

»Dill und Sellerie.«

»Ach Herrjeh!«

Der Löffel mit Kohlsuppe wanderte auch zu Irina Semjonowna, aber die lehnte natürlich wie immer ab und drehte sich beleidigt um.

»Sie sollen doch bloß probieren, meine Liebe«, lachte Jusja Juljewna, »Sie sind doch eine Meisterköchin, ich möchte von Ihnen lernen.«

»Das ist nichts für mich«, verkündete Irina Semjonowna stolz, »mir gefällt das nicht.«

»Aber warum denn? Warum? Probieren Sie doch mal.« Und gleich darauf sagte sie zu der neben ihr stehenden Shorshetta etwas in französisch, da fiel Irina Semjonowna sogleich der Topfdeckel aus der Hand, oder der Topflappen, oder die Gabel.

Wanwantsch und Shorshetta berührten all diese raffinierten Leidenschaften nicht.

Sie gingen auf ihren vertrauten, frostigen Arbat-Hof, davor schnauften und stöhnten sie lange in den Armen von Akulina Iwanowna und Jusja Juljewna, die sie zurechtmachten, und brabbelten, kicherten und trällerten bei dem trüben Licht der gelben Korridorlampe unter den geschickten Händen der Frauen.

»Ich bin Ihnen so dankbar, Akulina Iwanowna, da kommt Shorshetta wenigstens ein bißchen raus«, sagte Jusja Juljewna, »ich habe überhaupt keine Zeit« – und sie schnipste mit dem Finger ihrer eingemummelten Tochter an die Nase.

»Mama!« entrüstete sich Shorshetta zum Schein.

Und schon waren sie auf dem Hof. Wanwantsch schob Shorshetta auf dem Schlitten, dann schob sie ihn. Da sprang Kaminski höchstpersönlich aus dem Haus, den Pelzmantel über die Schultern geworfen, die

Karakulmütze schief auf dem Kopf, befahl den Kindern stillzuhalten und fotografierte sie.

Dann saßen sie lange im Schneehaufen, genossen die durch ihre Sachen dringende Nässe und diskutierten ausgiebig über Politik.

»Früher, unterm Zaren, gab es Privatbesitzer«, belehrte Wanwantsch die Freundin, »und jetzt gibt es Staatsbesitzer.«

»Du spinnst ja!!« widersprach Shorshetta.

»Los, fragen wir die Kinderfrau.« Wanwantsch versuchte aus dem Schneehaufen zu krabbeln.

»Die Kinderfrau ist doch vom Dorf«, lachte Shorshetta, »sie ist eine Marfuschka.«

»Sie heißt Akulina Iwanowna!« protestierte Wanwantsch.

»Na und!« lachte Shorshetta. »Deswegen ist sie doch eine Marfuschka.«

Die kurze Wintersonne versank hinter den Dächern, die beiden schossen bereits über die Schneehaufen hinweg. Piff-paff! Piff-paff!! und schrien »Hurra!« ...

Zu Hause erzählte Wanwantsch noch im Mantel aufgeregt Irina Semjonowna, wie Shorshetta und er auf dem Hof Krieg gespielt hatten, aber Irina Semjonowna ging mit fest zusammengepreßten Lippen vorbei. Da rief Wanwantsch unter Akulina Iwanownas Armen hervor: »Damit du's weißt, wir haben gewonnen!«

»Leise, mein Kleinerchen. Tante Ira hat andere Sorgen. Na los, zieh den Pelz aus, komm schon ... na, komm schon ...«

Doch da erschien plötzlich Jan Adamowitsch Kaminski persönlich und fragte mit neugierig aufgerissenen Augen »Was war das denn für ein Krieg? Wer hat gegen wen gekämpft?«

»Die Roten gegen die Weißen«, sprudelte Wanwantsch hervor.

»Und wer war stärker?«

»Na, die Roten, wer sonst!« lachte Shorshetta laut. »Und wer von euch beiden ist Roter und wer Weißer?«

»Shorshetta und ich, wir sind natürlich Rote«, sagte Wanwantsch, »wir sind doch keine Weißen.«

»Sie sind doch keine Weißen, Väterchen«, erklärte Akulina Iwanowna.

»Shorshetta ist auch eine Rote?« fragte Kaminski leise.

»Was denn sonst?« fiel ihm Shorshetta ins Wort. »Weiße sind doch Bourgeois, wir haben sie alle erschossen!«

Wanwantsch stürzte zu seiner Mama ins Zimmer.

»Mamilein, wir haben alle Weißen besiegt!«

»Was du nicht sagst!« entgegnete sie verwundert und zog ihre Augenbrauen hoch, aber Wanwantsch sah, daß sie an etwas ganz anderes dachte.

Eines Nachts wachte er vom Geläut der Kirchenglocken auf. Hinter den doppelten Scheiben der Märzfenster tönten sie besonders geheimnisvoll. Im Zimmer war es dunkel, aber von der Straße drang ein vielfarbiges Leuchten herein, gelbe, rote und blaue Töne herrschten vor, bunte Flecken zuckten an den Wänden. Das war wie Musik eines ganzen Orchesters, vielleicht auch wie Krieg. Aber möglicherweise war es auch das Vorgefühl von etwas weit Entferntem, etwas Künftigem, Unheilschwerem, das erst noch kommen würde, das man erst erklimmen mußte. Aber vielleicht war es eine Warnung vor dem morgigen Tag, Wanwantsch war bloß noch nicht in der Lage, diese Warnung mit dem Erscheinen von Martjan in Verbindung zu bringen. Martjan war zu Irina Semjonowna ins Zimmer gezogen. Er war aus einem Uglitscher Dörfchen zu ihr gekommen. Klein, sehnig, in großen Filzstiefeln saß er in der Küche und qualmte Selbstgedrehte. Er roch nach saurem Brot und Zigarettenrauch. Die Asche ließ er auf den Boden fallen, und Irina Semjonowna wischte demütig hinter ihm her. Er schwieg und seufzte und blickte alle, die hereinkamen, mit hündischer Ergebenheit an.

Akulina Iwanowna sagte der Mutter wie beiläufig: »Nun ist auch noch dieser Martjan nach Moskau gekommen. Er will wohl seine Haut retten.«

»Was für ein Martjan?« fragte die Mutter ziemlich streng. »Wer ist das? Ach, der ... Der ist doch Kulak, Akulina Iwanowna. Wissen Sie denn nicht, daß wir den Kulaken den Krieg erklärt haben?«

»Er ist Bauer, meine Liebe«, sagte die Kinderfrau sanft, »wozu Krieg? Er hat Getreide gesät und uns ernährt, da hast du deinen Krieg.«

Wanwantsch malte gerade eine Kanone. Er hörte aufmerksam zu und stellte sich Martjan vor, wie er still in der Küche saß, und dachte, das es schade um Martjan wäre.

»Mit Kulaken bauen wir den Kommunismus nicht auf, Akulina Iwanowna«, sagte Mama, »ein Kulak ist ein Dieb und Blutsauger. Sie haben Mitleid mit ihm, aber er hätte keins.«

Wanwantschs Kanone schoß, am Ende der Schußlinie malte er ein Männchen mit Bart und krakelte darunter: »Kulak«.

»Kulak, Kulak«, sagte Akulina Iwanowna mißbilligend, »er ist Bauer und ernährt uns. Was denn sonst, meine Liebe?«

Und da hatte Wanwantsch wieder Mitleid mit Martjan.

»Mamilein«, sagte er plötzlich, »ich hab Martjan gerne, er ist Bauer.«

»So?» rief die Mutter vollkommen desinteressiert.

Irina Semjonowna trat ins Zimmer, sie hatte die letzten Reste ihres noch unlängst so großen Stolzes verloren, zupfte an den Knöpfen ihrer Bluse und bat die Mutter mit belegter und kapriziöser Stimme: »Du bist bei uns die Chefin, du bist in der Partei, hör mal, laß nicht zu, daß man dem Alten was antut.«

»Ich bitte Sie« – das schöne Gesicht der Mutter wurde fremd und unnahbar –, »Was bin ich schon für eine Chefin? Ich bitte Sie! ... Passen Sie lieber auf, daß Sie selbst ihm nichts antun, was hab ich damit zu tun?«

»Hör doch, laß es nicht zu, laß es nicht zu. Man sagt, er ist Kulak, aber ist er denn einer? Das kann man von jedem behaupten. Weißt du, was die Kulaken für welche sind? Uuuuu ... Aber er, er ist unser Ernährer. Sieh ihn dir doch an, wie sanft er ist. Sind so etwa Kulaken?«

»Was hab ich damit zu tun? Ich arbeite in der Fabrik«, sagte die Mutter beleidigt.

»Was bedrängst du sie, mein Schwälbchen?« wandte die Kinderfrau ein, »sie hat genug eigene Sorgen.«

Irina Semjonowna fing an zu weinen, und Wanwantsch weinte mit.

Akulina Iwanowna führte die Nachbarin aus dem Zimmer und brabbelte ihr beschwichtigendes Zeug ins Ohr.

»Er ist Kulak«, sagte die Mutter zu Wanwantsch, »und die Kulaken bestehlen das Volk, sie sind hinterhältig und grausam.«

»Und wie stehlen sie?« fragte Wanwantsch, sich vor Aufregung verschluckend.

Aber die Mutter antwortete nicht und ging aus dem Zimmer. Und da trieb ihn sein heldenhaftes Herz unter dem Einfluß verschiedener rätselhafter Prozesse ebenfalls in den Korridor, vorbei an der Gemeinschaftsküche, wo auf dem Hocker der sanfte Martjan saß und in der sehnigen Hand die Selbstgedrehte preßte, dorthin, wo im Dunkel des Korridors direkt neben Irina Semjonownas Tür ein kleiner Sack aus grauem Leinen stand. Der Sack roch stark nach Martjan, ein räuberischer Kulakengeruch.

Etwa eine oder zwei Stunden später brach in der Wohnung Panik aus, angeblich sollten Ratten an dem Sack genagt haben: Ein dünnes Rinnsal weißen Mehls floß auf das alte Eichenparkett.

»Wir hatten noch nie Ratten«, wunderte sich Akulina Iwanowna.

»Wer kann es denn sonst gewesen sein?« entgegnete Irina Semjonowna betrübt. »Ich hab's dir gesagt, Martjan, laß den Sack nicht neben der Tür stehen!«

Wanwantsch hatte seine Heldentat bereits vergessen und saß im Zimmer Shorshetta gegenüber, beide malten mit Buntstiften eine Welt revolutionärer Träumereien und proletarischer Glückseligkeiten, jeder auf sein Blatt.

»Wie gemalt!« sagte zur selben Zeit Akulina Iwanowna in der Küche, als sie den blendendweißen, lockigen Blumenkohl bestaunte, den Jusja Juljewna betätschelte, bevor sie ihn ins kochende Wasser legte. »Wollen Sie ihn so kochen, im Ganzen? So was, eine richtige Blume!«

Der Duft des Parfüms erstickte vorläufig alle anderen Gerüche.

»So«, sagte Jusja Juljewna und blickte unter ihren roten Locken hervor, »jetzt so ... Schauen Sie nur zu, Akulina Iwanowna, schauen Sie nur zu, später machen Sie es für Otarik genauso.«

»Ob ich das kann?« fragte Akulina Iwanowna hinterlistig. »So was können nur Sie, Gnädige, ich schaffe das im Leben nicht.«

»Was gibt es da zu können!« wunderte sich Jusja Juljewna und legte den Blumenkohl ins kochende Wasser. »Hopp-la! Jetzt heißt's warten.« Sie ging in ihr Zimmer, kam zurück und rieb sich die rosigen Hände. Akulina Iwanowna schaute in den Topf. Ihre Lippen hatte sie wie eine Schülerin gespitzt, sie kniff die blauen Augen zusammen, um sich ja alles zu merken und die Hauptsache nicht zu verpassen.

»So, jetzt geben wir Salz ins Wasser«, lächelte Jusja Juljewna, »so. Und jetzt bereiten wir den Zwieback vor. Hellen Zwieback, wir nehmen nur hellen und goldbraunen. Jetzt zerstampfen wir ihn im Mörser, so, sehen Sie, hopp-la.« Der Mörser glänzte golden. Der Blumenkohl kochte. Der Zwieback wurde zerstampft. »Jetzt stellen wir ein kleines Töpfchen auf die Flamme und legen Butter hinein, so, sehen Sie ... Uuuu, sie schmilzt schon! Sehen Sie?«

»Ja«, sagte Akulina Iwanowna wie verzaubert.

»Jetzt streuen wir den Zwieback in die Butter, so ... Finis! Das wäre unsre Zwiebacksoße. Oh! Der Blumenkohl ist auch schon fertig!«

Der Duft des französischen Parfüms verblaßte, er wurde vom Wohlgeruch des neuen Gerichts verdrängt. Jusja Juljewna schnitt eine Scheibe vom Blumenkohl ab, legte sie auf einen Teller und goß goldbraune, dampfende Zwiebacksoße darüber.

»Bitte.« Sie reichte Akulina Iwanowna den Teller.

»Aber nicht doch!« Akulina Iwanowna fuhr zurück, sie genierte sich, brach aber dennoch mit der Gabel ein zartes Stückchen ab und kaute es. Als sie es runtergeschluckt hatte, sagte sie, mit den blauen schelmischen Augen rollend: »Ach, du liebe Güte, das schmeckt ja wundervoll! Das könnte ich ewig essen!«

»Essen Sie nur, essen Sie nur.«

»Ne. Ich bring Kartöffelchen was.« Und sie trug feierlich den Teller hinaus...

Das schrille Klingeln an der Wohnungstür weckte Wanwantsch nicht.

Es war zwei Uhr nachts. Er schlief selig versunken im Dickicht seiner naiven Traumgeschichten, die nicht alle gut endeten, deren Inhalt ihm jedoch vertraut war. Und auch wenn sie das Herz schneller schlagen ließen, so doch nur für einen kurzen Augenblick, um sogleich einem glücklichen, alles wiedergutmachenden Umherflattern über Gegenständen oder über der Erscheinung der Mutter, über ihren jetzt interessiert zuschauenden Mandelaugen zu weichen. Im Schlaf spürte er die warme, rettende Berührung der Hände seiner Kinderfrau, aber vielleicht war auch das nur ein Traumgesicht.

Er schlief und schmatzte mit den Lippen, als der verschlafene Hausverwalter Netschkin in Begleitung zweier Männer in die Wohnung trat: eines älteren mit hängendem Schnurrbart und eines jungen mit starrem Gesicht. Kaminski hatte ihnen in seinem obligatorischen Anzug mit Schlips die Tür geöffnet, anscheinend hatte er noch nicht im Bett gelegen.

»Soll ich die anderen wecken?« fragte Netschkin. »Oder sollen sie weiterschlafen?«

»Wen habe ich Ihnen genannt?« zischte der ältere, Schnurrbärtige müde und giftig.

»Kaminski...«

»Also?«

»Ich bin Kaminski«, sagte Jan Adamowitsch lächelnd und streckte seine Hand aus.

Der Ältere erwiderte seinen Gruß nicht, er zog ein Papier aus der Tasche und brummte in seinen Bart: »Bürger Kaminski, wir kommen, um Ihre Sachen zu beschlagnahmen.«

»Oh?« sagte Jan Adamowitsch verwundert. »Das ist interessant, bitte hier lang.« Er machte eine Geste, als wollte er liebe Gäste an den gedeckten Festtagstisch bitten, der sehnsuchtsvoll auf Besucher wartete, mit Kristallgläsern, schweren Schüsseln, die die gestärkte Tischdecke eindrückten. Jusja Juljewna stand bereits in der weit geöffneten Zimmertür und lächelte einladend unter ihren roten Locken.

»Meine Frau,« sagte Kaminski, »bitte hier lang ...«

Alle drängten sich ins Zimmer, wo auf einem kleinen Sofa unterm Fenster die glückliche, zusammengekringelte Shorshetta schlief.

»Leise, leise«, befahl der Ältere flüsternd, »weckt das Kind nicht auf.«

»Macht nichts, macht nichts«, sagte Jusja Juljewna, dann sprach sie einige Worte auf französisch.

»Das lassen wir mal schön sein.« Der Ältere runzelte die Stirn, wie Irina Semjenowna. »Wir reden russisch.«

Der starke, spöttische Duft des französischen Parfüms begleitete das Gespräch.

Es wurde still. Man vernahm nur das Rascheln, Knirschen und Quietschen der Feder. Dazu die lächerliche Beute in Form einer Bernsteinkette, zweier goldener Kreuzchen, zweier Eheringe und eines dünnen Päckchens zerknitterter Fünfrubelscheine.

»Und wo sind die andern Sachen?« fragte der Ältere gelangweilt.

»Das ist alles«, sagte Kaminski lächelnd.

»Verbuddelt, was?« fragte der Junge ironisch.

»Laß den Unfug«, sagte sein Partner, und zu Kaminski gewandt: »Eine Fabrik gehabt und keinen Reichtum angehäuft? Na, hören Sie!«

»Ich bin nicht mehr dazu gekommen«, entgegnete Jan Adamowitsch reumütig.

»Wir sind nicht mehr dazu gekommen«, bestätigte Jusja Juljewna lächelnd.

»Also, gut.« Der Ältere schrieb etwas auf und fragte plötzlich beiläufig: »Wohnt hier bei Ihnen eine Irina Semjonowna?«

»Unsere Nachbarin«, sagte Kaminski.

»Kommen Sie gut mit ihr aus?«

»Sehr gut sogar«, sagte Jusja Juljewna verwundert.

Er sah sie irgendwie komisch an, nicht wie ein Milizionär, sondern wie einer, der ganz anderes im Kopf hat. Sie erwiderte seinen Blick unwillkürlich mit einem verführerischen Lächeln, schüttelte die roten Löckchen aus der Stirn, er aber hatte sich bereits wieder über sein Papier gebeugt.

»Was ist«, fragte der Junge, »wollen wir weitersuchen?«

»Laß gut sein, wir gehn« – der Ältere erhob sich –, »das schaffen wir immer noch.« Und schob die kapitalistischen Wertsachen beiseite. »Entschuldigen Sie, wenn irgendwas ...«

»Aber ich bitte Sie, das macht doch nichts.« Jusja Juljewna schickte sich an, sie hinauszugeleiten.

Doch in diesem Augenblick flog die Tür auf, und auf der Schwelle stand wie angewurzelt Nastja, so daß der Milizionär gegen ihre Brust stieß. Ihre hagere Gestalt versperrte die Türöffnung.

Auf ihrem wie gewöhnlich kalten und unzugänglichen Gesicht lag kein Ausdruck von Zorn, nicht einmal Ärger, doch der Milizionär schrak zurück. Er versuchte an ihr vorbeizugehen, aber es gelang ihm nicht. Da sagte er mit belegter Stimme: »Was wollen Sie, Bürgerin? Lassen Sie mich doch durch.«

Sie hob langsam den Arm, und die beiden schlüpften in den Korridor.

Jan Adamowitsch nahm im Sessel Platz und schloß die Augen. Seine Lippen zitterten. Seine Frau kehrte zurück. Ihr Gesicht war grau. Sie gab mit geübter Hand einige Tropfen in ein Glas und goß Wasser dazu.

»S'il vous plait.« Sie versuchte ein Lächeln vorzutäuschen.

Er schluckte die Arznei und sagte flüsternd: »Die Hauptsache ist, das menschliche Gesicht nicht zu verlieren.«

Während dieser, im Vergleich zu anderen, relativ harmlosen Exekution hatte Martjan mucksmäuschenstill auf der Toilette gesessen, die Mutter in ihrem Zimmer eine Papirossa nach der anderen geraucht und die barhäuptige Irina Semjonowna neben ihr gestanden und wie eine Irre immer wieder ein und dasselbe gemurmelt: »Du, geh da nicht hin. Na, was will er bloß? Was willst du bloß? Na? Dann wird er eben Hausmeister, Netschkin hat's uns versprochen. Geh nicht hin, hörst du, soll sie doch der... Wenn sie was gestohlen haben, müssen sie eben büßen.«

»Ich denke überhaupt nicht daran, dorthin zu gehen, lassen Sie mich in Ruhe!« entgegnete die Mutter.

»Du bist in der Partei«, sagte Irina Semjonowna und berührte die Schulter der Mutter, »aber der Martjan, der ist ganz sanft, hörst du, der tut keiner Fliege was zuleide.«

Wanwantsch schlief süß im anderen Zimmer, und Akulina Iwanowna saß nur mit einem Hemd bekleidet auf seinem Bett, ohne den Blick von ihm zu wenden, und spitzte die Lippen.

Dann schlug die Tür zu. Durch die Fenster schien der graue, unfreundliche Arbat-Morgen. Irina Semjonowna ging in die Küche. In der Tür sagte sie zur Mutter: »Ich danke dir.«

Jusja Juljewna kochte in der Küche Kaffee. Kaum, daß sie in die Küche getreten war, war Irina Semjonowna vom Herd zurückgefahren und verwschunden. Martjan zertrat mit dem Stiefel seine Selbstgedrehte und trottete hinterher. Plötzlich fiel Jusja Juljewwna wieder die merkwürdige Frage des älteren Milizionärs ein, und sie wurde rot, dann erinnerte sie sich aus irgendeinem Grund daran, wie sie Irina Semjonowna freundschaftlich angeboten hatte, eine Scheibe von ihrem Blumenkohl zu kosten, und wie diese sich weggedreht und gesagt hatte: »So was essen wir nicht, die ganze Küche stinkt ...«

Idiotin, hatte Jusja Juljewna damals gedacht, und jetzt fiel bei ihr auf einmal der Groschen, sie rief »ach« und »och« und schlug sich mit der Hand auf den Mund.

Dann kam wieder der gewöhnliche Alltag, die Wohnung war leer, und Akulina Iwanowna ging mit Wanwantsch spazieren. Diesmal liefen sie den Arbat entlang, bogen in eine Gasse ein, dann in eine zweite und in eine dritte.

»Das ist die Galoschengasse.«

Wanwantsch erkannte die Gegend wieder. Das stille Moskau türmte sich ringsum auf, ein muffiger Geruch drang aus den Höfen, vertraut und erhaben. Wanwantsch war satt, warm angezogen, und die sanfte Hand der Kinderfrau führte ihn durch den knirschenden, weichen Schnee. Er hatte keine Vergangenheit und keine Zukunft, er hatte nur diesen grauen Februarmorgen, die wenigen Passanten und die stolzen Moskauer Pferde, die, vor grobe Arbeitsschlitten gespannt, ab und zu vorbeikamen.

»Bist du auch nicht müde, Kartöffelchen?« fragte Akulina Iwanowna. »Na, dann ist ja gut.«

Ihr rundes Gesicht war angespannt, aber Wanwantsch maß dem keine Bedeutung bei, davon verstand er nichts, das lag nicht in seiner Kompetenz.

In einer Wolke heiseren und zänkischen Spatzengezwitschers über ihren Köpfen gingen sie den Boulevard entlang, und da tauchte plötzlich in der Ferne zwischen den nackten verschlungenen Ästen ein weißer, mit einem Kreuz gekrönter Hügel auf. Glockengeläut drang zu ihnen; je näher sie kamen, desto lauter wurde es.

»Siehst du, Kleinerchen? Was für eine schöne Kirche!« sagte Akulina Iwanowna. »Gott sei Dank, wir haben's geschafft.«

»Wohnt dort Gott?« fragte Wanwantsch, aber sie überhörte seine Frage, sie bekreuzigte sich und verbeugte sich vor der Kirche.

»Gibt es denn einen Gott?« fragte er erneut und erhielt wieder keine Antwort. Das brachte ihn jedoch nicht aus der Fassung. Sie gingen auf die Kirche zu und stiegen langsam die breiten Steinstufen hoch, den wenigen Leuten hinterher, Wanwantsch legte den Kopf in den Nacken und betrachtete die Kirchenspitze, die sich in den niedrigen Februarhimmel bohrte. Akulina Iwanowna suchte Münzen zusammen, einen ganzen Berg, und unmittelbar am Eingang zur Kirche verteilte sie sie an alte Männer und Frauen.

»Hier, Kartöffelchen, gib das Almosen der Großmutter«, sagte sie und streckte Wanwantsch mehrere Geldstücke hin. Es waren viele Großmütter und Großväter. Er verteilte die Geldstücke, hörte ihr weiches: »Der Herr erlöse dich« und blickte ihnen in die Augen. Die Großmütter hatten alle Akulina Iwanownas kleine, blaue Äugelchen und die Großväter die matten, grünen von Martjan.

Die schwere Eichentür war weit geöffnet, sie traten in die Kirche, Wanwantsch legte den Kopf in den Nacken, und das gelbrote Leuchten, das zerschnitten wurde von blauen Funken, blendete ihn. Dann tauchten aus diesem vibrierenden Licht die riesigen Figuren bärtiger, alter, in seidene Gewänder gehüllter Männer auf, die aussahen, als würden sie fliegen; und über sie beugten sich Gesichter von Frauen, die die aufmerksamen Mandelaugen der Mutter hatten. Jedenfalls schien es ihm so. Und er sah sich selbst, nackt und mit Flügeln, mit einer goldenen Posaune in den dicken Fingern, durch eine unbekannte Landschaft fliegen. Er hörte ein harmonisches Singen, und die Stimme der Kinderfrau rechts von ihm floß in diesen Chor ein. Er hielt die Kinderfrau fest an der Hand, er hatte Angst, in dieser fremden, murmelnden Menge verlorenzugehen.

... Abends sagte er mit großen Augen zu seiner Mutter: »Mamilein, ich habe Gott gesehen!« ...

Sie war entsetzt, und ihr armenisches »Wai!« flog durch das Zimmer. Sie streichelte ihm über den Kopf, aber ihre Hand war fest, hart und fremd.

Dann unterhielt sie sich im anderen Zimmer lange mit der Kinderfrau, Wanwantsch zeichnete inzwischen einen weißen Hügel mit einem Kreuz obenauf ...

Am nächsten Morgen war die Kinderfrau weg. Sie kam den ganzen Tag nicht. Die Mutter hatte verweinte Augen. Etwas Ungewöhnliches schwebte durch die ehemalige Wohnung der Kaminskis. Jedesmal, wenn es an der Tür klingelte, rannte Wanwantsch durch den Korridor, aber die Kinderfrau war es nie. Man erklärte ihm, daß sie Hals über Kopf in ihr Dorf habe fahren müssen.

Er hat sie nie wieder gesehen.

1990

Unverhofftes Glück

Soja und Sweta gewidmet

Ich erinnere mich, wie ich 1949 von meiner Mutter auf dem Bahnhof Abschied nahm.

Ja, Abschied. So war es nun gekommen. 1947 hatte ich sie, als sie aus dem Lager zurückkehrte, vom Bahnhof abgeholt. Und nun nahm ich wieder Abschied. In dieser Zeit fuhren viele weg, und nicht nur für einen Tag oder zwei, sondern für viele Jahre.

Nach all dem Schlimmen, was meine Mutter durchgemacht hatte, wurde sie ein zweites Mal verhaftet. Wir erfuhren davon in einer der entsetzlichen Nächte, als der Mann, bei dem Mama in Kirowakan eine Zimmerecke gemietet hatte, in unsere Wohnung stürzte. Er war um sechs mit dem Spätzug gekommen, um es uns zu erzählen. Das hätte er sich sparen können. Ich habe sowieso seinen Namen vergessen. Gute Taten behält man nicht. Sein Besuch war völlig umsonst, sie war ja sowieso schon weg! Er hätte uns besser einen Brief schreiben oder uns bei Gelegenheit eine Nachricht zukommen lassen sollen. Seine

Mühe war ganz umsonst, wir konnten nichts mehr ändern.

Er saß in der Küche, ließ die Zigarettenasche auf den Fußboden und die Hosen fallen und seufzte schwer. Tante Silvia weinte leise, fast flüsternd. Die elektrische Birne strahlte gelbes Licht aus. Draußen war das scheußlichste Wetter, das man sich nur denken kann. Alles Unglück kam zusammen. Und das sollte nun einer ertragen, ohne vor lauter Trauer, Angst und Hilflosigkeit zu zerbrechen. Wir hielten uns nach Kräften aufrecht und zermarterten uns den Kopf: Weswegen bloß? MFHV? oder KRT? Das heißt »Mitglied der Familie eines Hochverräters« oder »Konterrevolutionäre Tätigkeit«.

Als sie 1947 nach zehn Jahren Lager zurückkam, war sie nicht rehabilitiert, ja nicht einmal begnadigt worden, sie hatte einfach ihre Zeit abgesessen und kam zurück. In Groß- oder Hauptstädten durfte sie nicht wohnen, und so besorgte ihr Tante Silvia unter großen Schwierigkeiten in Kirowakan eine Stelle als Kassiererin in einer Genossenschaft. Wir aber wohnten in Tbilissi, und ich war Student. Zu jener Zeit begann es bei mir zu dämmern, mein verkleistertes Gehirn schickte sich an, die Ereignisse zaghaft zu analysieren, und bittere Fragen kamen in mir hoch: »Wofür?«, »Weshalb?«, »Zu welchem Zweck?«

Tante Silvia war ständig auf der Hut. Die Zeiten waren nun mal so. Sie sah mir verstohlen in die Augen und achtete auf meinen Tonfall, sie war beunruhigt. Und als wollte sie meine stummen Fragen beantworten, rief sie von Zeit zu Zeit aus:

»Was für ein Glück deine Mutter trotz allem hat! Nicht war? Nun ist sie wieder da, lebendig und gesund. Und wir sind wieder zusammen.« Und sah mich dabei aufmerksam an.

»Klar«, sagte ich munter, um Tante Silvia nicht aufzuregen.

»Jetzt ist alles gut. Mama lebt wie alle, sie arbeitet, schreibt Briefe, wir können sie besuchen ...«

Aber meine Worte stimmten Tante Silvia nicht zufrieden. Sie witterte Gefahr.

Je munterer meine Worte klangen, um so entschlossener fiel sie ein: »Wieso? Hab ich nicht recht? Wie sie sich im Lager quälen mußte, die arme Gefangene! Und jetzt ist sie eine freie Frau, sie schickt dir sogar Geld. Hab ich nicht recht?«

Oder sie rief: »Was wären wir ohne Stalin? Wie wären wir ohne ihn zurechtgekommen?« und blickte mich aufmerksam an.

»Ganz gut«, platzte ich raus. »Sicher gar nicht so schlecht.«

»Und der Krieg?« kreischte sie fast. »Was für einen schrecklichen Krieg wir hinter uns haben! Begreifst du das nicht? Du hast wohl alles vergessen?«

»Ich hab nichts vergessen«, sagte ich, um sie nicht aufzuregen.

»Die Karten wurden abgeschafft ...«

Die Lebensmittelkarten waren tatsächlich abgeschafft worden.

»Die Preise wurden gesenkt ...«

Auch die Preise gingen langsam auf Vorkriegsniveau runter.

»... und deine Mama ist frei!«

»Hast ja recht, stimmt ja« – ich gab auf. »Bestreite ich das denn?«

»Na siehst du«, beruhigte sie sich. »Am Ende verquatschst du dich noch mal« – und sie lächelte zerstreut.

Mama arbeitete also als Kassiererin, und irgendwie schaffte sie es, von ihrem Gehalt eine kleine Summe für mich abzuzweigen. Wir schrieben uns. Alles schien in bester Ordnung, für Unzufriedenheit gab es keinen Grund, und es blieb mir nichts anderes übrig, als mich in Ehrfurcht vor der ingrimmigen Weisheit meiner Tante Silvia zu verneigen. An Kummer gewöhnten wir uns schnell und fanden für alles eine Rechtfertigung. Wenn uns mal eine kleine Freude widerfuhr, eine winzigkleine, ja nicht mal eine Freude, sondern eher eine winzige Gnade, dann strahlten wir und jubelten, als wäre ein großer Feiertag.

So jubelten wir auch, als meine Mutter aus dem Lager kam, als wir für sie eine Arbeit in der Genossenschaft fanden, eine Zimmerecke in einem Häuschen am Rande der Stadt bei einem Vermieter, der nicht vor Schreck zusammenzuckte, als plötzlich vor seinem friedlichen, glücklichen Haus eine völlig verstaubte und in den Weiten von Karaganda schwarzgebrannte Frau mit trüb gewordenen Augen stand. Ja, wir freuten uns. So ist der Mensch nun mal! Absichtlich schoben wir die verfluchten Fragen von uns weg: »Wofür?«, »Warum?«, »Zu welchem Zweck?«. Als wäre alles klar, als wüßten wir schon alles und wollten uns die Freude nicht verderben.

Manchmal freilich brachen diese Fragen mit Macht aus uns hervor, natürlich nur im Flüsterton, ganz beiläufig, so als wären sie völlig belanglos. Und wir wagten nur ganz hastig, in Andeutungen, die nur wir verstanden, darauf zu antworten. Doch manchmal hatten wir das Flüstern satt. Dann sagte Tante Silvia:

»Was hilft's, mein Lieber. Wenn unser Staat so viele Feinde hat, dann muß er sich doch wehren.«

Doch Mama konnte sie damit nicht meinen, und sie fügte eilig hinzu: »Nun, das mit Mama war natürlich ein Versehen« – und schaute mich aufmerksam an. »Eines Tages, mein Lieber, wird sich das alles aufklären.«

»Das bezweifle ich nicht«, antwortete ich traurig.

Sie biß sich auf die Lippe und sagte voller Inbrunst: »Sitz du mal an deren Stelle da oben!« – Und sie hob den Blick zur Zimmerdecke.

»Deren Stelle« winkte mir nicht, darauf konnte ich Gift nehmen.

Und nun war sie wieder verhaftet worden. Wie immer waren sie nachts gekommen. Sie hatten das Zimmer durchwühlt, Mamas Ecke.

»Na und, haben sie was gefunden?« Ich lächelte bitter.

»I wo«, sagte Mamas Vermieter und ließ wieder seine Asche fallen.

»Dann ist ja alles in Ordnung«, sagte ich.

»Was hätten sie denn finden sollen!« kreischte Tante Silvia. »Sie hatte doch nichts außer alter Wäsche!«

»Nichts«, bestätigte der Vermieter. »Ich saß dabei, als sie ihre Sachen packte und die Männer alles durchsuchten. Sie haben ihr Bett durchwühlt, den Koffer, aber was konnten sie schon finden?«

»Hat sie geweint?« fragte ich flüsternd.

»Warum hätte sie denn weinen sollen?« kreischte Tante Silvia. »Sie ist unschuldig!«

»Nein, sie hat nicht geweint«, antwortete er, »sie hat sich auch noch bei mir entschuldigt, die Arme. Als ob ich nichts verstünde. Ich begreife alles.«

»Ich habe Beziehungen nach oben«, sagte Tante Silvia und wischte sich die Tränen ab. »Die haben keine Ahnung, was ich alles bewerkstelligen kann.« Ihr Gesicht glühte vor Begeisterung. Mamas Vermieter schaute sie mit erstaunter Hoffnung an. »Meine Beziehungen!« sagte sie. »Die sollen mich mal kennenlernen!« Und sie sah mich siegesbewußt an.

Er saß sa, nickte und ließ seine Asche fallen. Dann ging er. Er drückte sich seitwärts durch die Tür. Es war Nacht. Der Regen tropfte monoton. Was kann sie schon ausrichten? überlegte ich.

»Laß den Kopf nicht hängen«, sagte sie. »Ich laß meine Schwester nicht im Stich. Denen werd ich's zeigen! Zum zweitenmal ... Kein Mensch weiß warum, wo. Wann nimmt das endlich ein Ende?«

Ich wußte genau, daß sie überhaupt nichts ändern konnte. Sie hatte gar keine Beziehungen. Wer konnte damals schon was tun? Und dennoch beruhigte mich ihre glühende Gewißheit. Und wenn sie doch jemanden hat? Vielleicht kennt sie jemanden, von dem ich nichts weiß? Braucht der Frau eines einflußreichen Mannes nur ein Wort zu sagen, und alles wird anders, und wir werden noch unsere Witze machen. Doch wenn nicht, dachte ich, dann also wieder Gefängnis? Und Verhöre, und Lager, und Erniedrigungen, und die Wüste von Karaganda.

Ich war im vierten Studienjahr. Ich wußte, daß man mich an der Uni nur widerstrebend duldete und daß mich ein Auge unablässig verfolgte. Ich spürte im Nacken, daß jemand hinter mir stand. Ungeachtet aller schönen Losungen und erhabenen Worte über die Würde des Menschen lag meine Zukunft im dunkeln. Mag sein, es gab wirklich jemanden, der groß und schön war, aber mir lächelte in dieser Hinsicht kein Glück.

Ach, wie ich mich irrte, als ich mir einredete, sie hätte keine Beziehungen! Wie ich mich doch irrte!

Folgendes geschah.

Sie verschwand von nun an oft aus dem Haus. Dumpfe Telefongespräche versetzten die Wohnung in Aufruhr. Geheimnisvolle Verabredungen wurden getroffen, und mir kam es so vor, als sei die ganze Stadt an diesem

Ereignis beteiligt, als blickte mich jeder Passant auf der Straße an, der eine verächtlich, der andere mitfühlend, der eine mißtrauisch, der andere traurig. Der Spätherbst mit seinen ständigen Regenfällen und dem Wind, der durch Mark und Bein ging, machte das Unglück komplett. Wo war meine Mutter? Im Gefängnis? In einem Güterwagen mit vergitterten Fenstern?

Tante Silvias schönes Gesicht drückte nichts weiter als dickköpfige Beharrlichkeit aus. Dem unabwendbaren Schicksal trotzte sie mit Entschlossenheit und festem Glauben ... und mit weiblicher List. Auf den Telefonhörer prasselten schelmische Witze nieder, flehentliche Bitten, freundschaftliche Reden. Das alles vermischte sich zu einem heillosen Durcheinander. Diese geheimnisvolle Melodie zog mich in ihren Bann. Das war die Schule unseres Lebens, unsere Art zu existieren. »Sie kennen sie doch ...« oder »Natürlich, natürlich, Sie haben ja recht ...« oder »Sie glauben mir wohl nicht?...« oder »Ich verstehe, Sie haben ja recht, aber trotzdem ...«

Manchmal weinte sie leise über einem Socken, den sie gerade stopfte, oder über unserem bescheidenen Essen und hoffte, ich merke es nicht. Ich sah, wie große Tränen über ihre schneeweißen, über ihre wunderschönen Wangen liefen.

Manchmal machte sie sich fein, betrachtete sich fieberhaft, in aller Eile, geschäftig und kritisch im Spiegel, und ich sah, wie sich ihr Aussehen veränderte: Bald erhellte ein bezauberndes Lächeln ihr Gesicht, bald wirkte es finster und hart, dann verwandelte es sich plötzlich in eine flehende Grimasse, erst ein unterwürfiges Nicken, dann wieder königliche Gelassenheit oder eine Maske der Verachtung. Augenscheinlich probte sie vor dem Spiegel irgendwelche Gespräche, die auf das Schicksal ihrer Schwester einen Einfluß haben konnten. Ich beobachtete diese bitteren Proben, und vor meinen Augen rieselte der Wüstensand von Karaganda, schwamm der Spätherbst vorüber. Ich sah das Lager und den Stacheldraht, die Wachtürme mit den Posten und meine Mutter in der grauen Wattejacke hinter der Schubkarre ...

Aus Tante Silvias beruhigenden Worten ging hervor, daß all die unzähligen Leute, die aus dem Leben gerissen und zum Dahinvegetieren im Gefängnis verurteilt worden waren, sich schuldig gemacht hatten, nur das mit Mama sei ein verhängnisvoller Irrtum, der jeden Augenblick aufgeklärt werde. Die Gerechtigkeit werde triumphieren. Das klang nicht sehr überzeugend, aber ich akzeptierte auch dies als kleine Hoffnung.

Ich habe nicht den blassesten Schimmer, wie es ihr gelungen war, sich zu der entsprechenden Stelle durchzuboxen und Informationen zu bekommen, aber eines Tages rief sie bereits an der Wohnungstür: »Mama ist in Tbilissi! Sie wurde hergebracht. Sie ist im Ortatschalsker Gefängnis! Nun ist alles leichter.«

Was nun leichter war, begriff ich nicht: War es leichter, sich für sie einzusetzen oder sie zu besuchen?

Besucht haben wir sie nicht. Das war nicht erlaubt, solange der Prozeß nicht abgeschlossen war. Aber wann er stattfinden würde, stand in den Sternen. So setzte Tante Silvia also ihre unbändigen Aktivitäten in der Hoffnung fort, irgend etwas herauszukriegen. Oh, was die Leute damals alles unternommen haben, um die unerbittliche Maschinerie unseres Schicksals wenn nicht zu bezwingen, so doch wenigstens ein kleines bißchen zu dämpfen! Alle Mittel wurden eingesetzt: von kleinen Intrigen bis zur höchsten Inspiration. Über die Mittel, die meine Tante, meine schöne, ungestüme, hilflose vierzigjährige Tante Silvia einsetzte, kann ich nicht richten. Das steht höheren Mächten zu. Wer war ich denn schon? Was konnte ich schon ausrichten? Ich hatte weder Erfahrung noch Übung, mich beherrschte nur die beständige, sich einschmeichelnde Schwermut der Ausweglosigkeit, die die Seele zerfraß. Vielleicht, so dachte ich, habe ich dieses Los verdient, mit einer ungeschickten Geste, einem unvorsichtigen Schritt, einem unbedachten Wort? Warum, so dachte ich, kriegen die anderen alles: ein Lächeln, Zukunft, alle möglichen Freuden, einfach alles, und ich kriege nichts? Obwohl, was wußte ich, der ich im eigenen Unglück schmorte, schon von den anderen?

Es war Winter geworden, aber der Prozeß hatte immer noch nicht stattgefunden. Der widerwärtige Winter von Tbilissi hatte begonnen: widerwärtige Gefühle, Regen und Schnee, der rußende Petroleumkocher, der das Zimmer wärmte, die ermüdenden Vorlesungen an der Uni und meine Freunde, die genauso angespannt waren wie ich. Und dann alle möglichen Gedanken um ein und dasselbe Thema: Wenn's wieder ins Lager geht, dann wenigstens nicht bei diesem Hundewetter, dann lieber im Sommer, lieber Hitze als dieses grausige Wetter, als aus vereisten Waggons in feuchte Baracken kriechen und mit der Schubkarre in den Schnee... Wir fragten uns flüsternd: »Was gibt's Neues? Schon was entschieden?«

Irgendwann einmal muß ja die Entscheidung fallen, nicht wahr? Nur Geduld. Oh, diese Geduld war zu unserem zweiten Ich geworden, sie war die Luft, die wir atmeten. Und wenn diese Luft mal einen winzigen Augenblick zu dünn wurde, dann hätte man am liebsten schreien und weinen mögen. Und wie merkwürdig wir uns verhielten! Was für einen Irrsinn wir zusammenredeten! Bis an einem gräßlichen Mittag im Februar aus Tante Silvias Zauberei, aus ihrer verschwörerischen Hast, ihrem Gang am Rande des Abgrunds der lang ersehnte, glückliche Schrei geboren wurde.

Ich weiß noch, wie sie, von einem der vielen Duelle nach Hause zurückgekehrt, mir zurief, wir hätten gesiegt, es gäbe doch einen Gott. Und du hast gesagt, es gibt keine Gerechtigkeit, weißt du noch? Weist du noch, wer das gesagt hat? Das hast du immer gesagt, aber ich hab gewußt, daß sie unschuldig ist, weil sie wirklich unschuldig ist. Aber du hast gesagt, daß wir gegen eine Wand ankämpfen. Weißt du noch, wer das gesagt hat? Aber ich hab die Hoffnung nie verloren, ich hab's immer gewußt. Kein Lager! Kein Lager und kein Gefängnis. Die können doch nicht eine unschuldige Frau ins Lager schicken! Und was hast du gesagt? Aber ich hab immer gesagt, daß so was nicht geht. »Na und?!« schrie ich. Ich konnte das alles kaum glauben. »Und jetzt?«

Endlich setzte sie sich in den Sessel, bis dahin war sie von einer Ecke in die andere gerannt, hatte irgendwelche Papiere auf dem Tisch hin und her geschoben, eine Strähne hatte sich aus ihrer wunderschönen Frisur gelöst, sie strich sie vergeblich zurück, und plötzlich beruhigte sie sich, sie setzte sich in den Sessel und weinte, so wie nur sie weinen konnte, lautlos und schrecklich. Vielleicht weinte sie keine Tränen, sondern ein glückbringendes Naß, das aus ihrem Herzen strömte? Wer weiß.

»Da siehst du, wie wichtig es ist, den richtigen Zeitpunkt abzupassen«, sagte sie. »Ich hab sie alle an die Wand gespielt, alle. Hier hab ich sie.« Und sie schüttelte wütend ihre zusammengeballte Faust. »Sie wissen doch, daß die Frau unschuldig ist ... ins Lager, so was ... Wofür denn? Sie hat Verbannung bekommen« – sie blickte mich eindringlich an –, »das heißt, sie muß in irgendein Dorf, in eine Siedlung, aber dort ist sie absolut frei, hörst du? Sie wird in einem normalen Haus wohnen, einkaufen, ins Kino gehen!« Tante Silvia forschte ganz gespannt in meinem Gesicht, das spürte ich.

»Was für ein Glück!« sagte ich und versuchte zu lächeln. »Wie lange muß sie denn dort bleiben?«

»Na, das wird ja nicht ewig dauern«, sagte sie mit ihrem gewohnten Scharfsinn.

Sie zerrte liebevoll an meinen Locken. Mutter hatte »ewige Verbannung« bekommen, aber wir ließen dieses Wort »ewig« einfach unter den Tisch fallen, als hätten wir das so verabredet. Nichts ist ewig.

»Wir können sie besuchen, sie anrufen.«

»Hoffentlich ist der Ort einigermaßen«, sagte ich. »Ich kann es gar nicht fassen, daß sie nicht ins Lager kommt.«

Tante Silvia erzählte all ihren Bekannten am Telefon, daß eine humane Entscheidung getroffen wurde: Sie kommt nicht ins Lager, sondern nur in Verbannung, obwohl die Zeiten so schwer sind und wir umzingelt sind, aber man hat diese Lösung für möglich gehalten. Ihre arme Schwester, sie wird sicher aufatmen nach allem, was sie hinter sich hat. Was hatte sie denn für ein Leben? Alles hing an einem Faden, keinerlei Rechte.

»Sieh mal«, erklärte sie mir, »wir leben in einer so schweren Zeit. Natürlich ist Mama völlig unschuldig, und diese ganzen Schrecken hätten ihr erspart bleiben können, aber wir leben nun mal in einer komplizierten

Zeit, und sie können sie jetzt natürlich nicht einfach rauslassen, verstehst du?«

»Keine Frage«, sagte ich.

»Das Wichtigste ist«, sagte sie, »Mama ist völlig unschuldig. Sonst wäre doch die Entscheidung nie so milde ausgefallen!«

Mir schien, als wäre auch das Wetter draußen milder geworden. Ich rief alle meine Freunde an: Surab, Wolodja, Philipp und Nata und Dodik Bartkulaschwili, erzählte ihnen von dem Ereignis und erklärte, was für ein Unterschied zwischen Lager und Verbannung besteht, das Wort »ewig« ließ ich als überflüssig weg. Das Wichtigste war ja, daß sie dort als freier Mensch leben konnte. Sie würde ins Kino gehen, wann sie wollte, und ich könnte sie in den Ferien besuchen.

Doch aus irgendeinem Grund bekamen wir wieder keine Besuchserlaubnis, und Päckchen für sie nahm man uns auch nicht ab. Der Zeitpunkt ihres Abtransports wurde streng geheimgehalten.

»Warum kann sie nicht selbst zu ihrem Bestimmungsort fahren?« fragte ich betrübt. Das Wort »Bestimmungsort« wirkte beruhigend, es klang ganz alltäglich, anders als »Verbannung« oder »ewige Zwangsansiedlung«. Und wieder stellte das Leben unsere Geduld auf die Probe, wieder wurde der Abgrund zwischen »wir« und »jene da oben« tiefer. Wir waren hilflos, jene da oben aber geheimnisumwoben und allmächtig.

Tante Silvia jedoch kämpfte nach wie vor ohne Rücksicht auf Verluste. Ihre Wangen glühten, ihre braunen Augen blitzten, die widerspenstige Strähne löste sich aus ihrer Frisur. Schon am Morgen zog sie ihr bestes Kleid an und suchte geheimnisvolle Adressen auf. Gott weiß, in welche Arbeitszimmer sie vordrang, wen sie um Hilfe anflehte. Aber schließlich hatte sie erneut Glück: sie bekam raus, daß Mama am nächsten Tag in einem Häftlingswaggon mit dem Zug in Richtung Moskau abtransportiert werden sollte.

Seltsam, wenn man sich heute an jene Jahre zurückerinnert, als an jeden Passagierzug ein Häftlingswaggon angehängt wurde – ein dunkelgrüner Wagen mit kleinen vergitterten Fenstern. Wir empfanden das damals als die normalste Sache der Welt, gleichgültig glitten unsere Blicke über ihn hinweg.

Am Abend des nächsten Tages waren wir lange vor Abfahrt des Moskauer Zuges auf dem Bahnhof. Zu Hause hatte Tante Silvia noch alle Sachen in eine große Tasche gepackt, die Mama ihrer Meinung nach gut gebrauchen konnte: einen alten Pullover, einen warmen Rock, ein Paar Halbschuhe, Schnürschuhe, Zwieback, ein Fläschchen Sonnenblumenöl, Tabak, dann noch alte Zeitschriften, und Socken, und Wäsche. Und einen Teekessel, einen gewöhnlichen, ausgedienten Aluminiumkessel, der schon stumpf geworden, aber durchaus noch zu gebrauchen war.

Auf dem Bahnhof war es still. Keine Menschenseele zu sehen, und auch vom Zug keine Spur.

Ich stand mit der Tasche in der Hand an einen Eisenpfeiler gelehnt, und Tante Silvia machte sich wieder einmal auf, die Lage zu erkunden. Wir mußten rauskriegen, wo der Häftlingswaggon stehen würde. Es dämmerte bereits. Es hatte aufgehört zu regnen, nur der feuchte, scharfe Märzwind tobte über die Gleise. Dann kehrte Tante Silvia – die Kundschafterin meiner Seele – zurück und versuchte mich aufzumuntern: Der Zug würde bald bereitgestellt. Wir hatten natürlich nicht die geringste Vorstellung, wie alles ablaufen und wie Mama zu der Tasche kommen würde.

Die schmutziggraue Dämmerung senkte sich auf den Bahnhof herab. Dann sahen wir den Zug nach Moskau, er kam langsam näher. Es war nicht ersichtlich, auf welchem Bahnsteig er halten würde, doch Tante Silvia wußte genau, daß wir am richtigen Gleis standen. Schon war das Rattern der Räder zu hören.

Die lange, sich krümmende Wagenschlange kroch heran, im letzten Augenblick jedoch bog sie ab und fuhr auf ein anderes Gleis, zwei Bahnsteige weiter. Wir rannten verzweifelt hin und her. Der Häftlingswaggon stand gleich hinter der Lok. Der Zug hatte noch nicht einmal richtig angehalten, als die Passagiere schon den Bahnsteig überfluteten. Über die Gleise konnten wir nicht steigen, die Bahnsteige waren viel zu hoch. Wir waren also vom Zug abgeschnitten. Die Wagen hielten quietschend, und die Passagiere kletterten hinein. Nur der Häftlingswaggon stand einsam – dorthin rannte niemand. Ich blickte den Bahnsteig entlang, ganz hinten entdeckte ich den Übergang.

»Da, da«, schrie Tante Silvia, »da ist Mama!«

Unbegreiflich, wie sich vor dem Häftlingswaggon so schnell eine Menschentraube bilden konnte. Ungefähr dreißig Frauen mit Taschen und Koffern standen im Kreis, um sie herum als enger Ring die Wachmannschaft. Ich entdeckte meine Mutter in einer alten Lagerwattejacke, sie hielt einen kleinen Koffer in der Hand, ebenfalls aus der Lagerzeit. Ich winkte ihr zu, sie hatte uns entdeckt. Ich streckte die Hand mit dem hochgestellten Daumen aus, das sollte heißen, es geht uns gut und sie braucht sich keine Sorgen zu machen. Die Frauen kletterten eine nach der anderen schnell in den Waggon. Mit einem Mal waren sie verschwunden, und vor dem Häftlingswaggon war gähnende Leere.

Tante Silvia riß mir die Tasche aus der Hand und rannte den Bahnsteig entlang zum Übergang. Es wurde bereits dunkel. Der Lokführer kletterte in seine Fahrerkabine. Die Passagiere waren alle eingestiegen. Wie meine Tante über die Gleise gekommen war, hatte ich nicht bemerkt. In allen Waggons leuchteten die Fenster auf, nur Mamas blieb dunkel. Dann ruckte der Zug an und fuhr langsam los. Wenige Minuten später war er spurlos verschwunden.

Tante Silvia kam zurück. Ihr war es gelungen, zum Waggon vorzudringen und den Chef der Wachmannschaft auszumachen. Sein Name war Eskin. Sergeant Eskin hielt sich zuerst meine Tante vom Leib, dann aber ließ er sich doch breitschlagen, sie anzuhören, allerdings lehnte er es kategorisch ab, etwas weiterzugeben. Tante Silvia redete auf ihn ein, sie nannte ihn »mein Lieber«, »mein Guter« und weinte, schließlich steckte sie ihm 50 Rubel zu. Da erklärte er sich bereit, etwas zu übergeben, allerdings nur den Teekessel.

»Nur den Teekessel«, sagte er, »den kann man unterwegs gut gebrauchen.«

Den ganzen Rückweg freuten wir uns über unseren Erfolg.

Seitdem sind viele Jahre vergangen. Heute tut es mir kaum noch weh, wenn ich daran zurückdenke. 1956 kam Mama endgültig zurück. Da erst haben wir erfahren, daß Sergeant Eskin ihr den Teekessel gar nicht gegeben hatte.

Warum? Wofür? Zu welchem Zweck? Aber welche Bedeutung hat das heute noch?

1989

Die Abenteuer eines Geheimbaptisten

1

Der einschmeichelnde Bariton am Telefon fragte zaghaft: »Andrej Petrowitsch? ... Endlich ereich ich Sie. Guten Tag, Andrej Petrowitsch.« Die Stimme war ihm fremd, doch sympathisch.

»Ich komme aus dem Dorf, wo Sie gearbeitet haben, ich soll Sie von Ihren ehemaligen Kollegen grüßen ...«

»Sehr erfreut«, sagte Andrej Schamin, »sehr erfreut. Vielen Dank.«

Vor drei Jahren hatte er als Lehrer in einem Provinznest gearbeitet. Offenbar hatte man ihn dort noch nicht vergessen. Das heißt, man konnte ihn dort gar nicht vergessen. Die Bezirkszeitung, für die er jetzt arbeitete, veröffentlichte ab und zu Artikel über dieses Dorf, in denen sein Name auftauchte.

»Ich würde mich gern mit Ihnen treffen, Andrej Petrowitsch«, gurrte hartnäckig der Bariton. »Ich hab da ein Anliegen.«

»Gleich jetzt oder im Prinzip?« fragte Schamin. »Im Moment gehts nämlich nicht, ich steck über beide Ohren in Arbeit.« Und er lachte so ehrerbietig wie möglich.

»Aber Andrej Petrowitsch, Täubchen, fünf Minuten werden sie wohl für mich finden«, gurrte der Bariton und lachte ebenfalls sehr freundschaftlich. »Ich bin zwei Schritt von Ihnen entfernt, im Hotel, Sie werden mir doch keinen Korb geben ...«

»Na schön, kommen Sie her«, stimmte Schamin zu.

»Andrej Petrowitsch«, sagte der Bariton verlegen, »wissen Sie ... ich bin etwas ... na, ich hab ein kleines bißchen Fieber ... Ich möchte nicht raus. Ich bitte Sie inständig...«

Zur verabredeten Zeit fand sich Schamin in der gähnend leeren Hotelhalle ein. Ein Mann kam langsam die Treppe herab, er war etwa vierzig, untersetzt, hatte einen vornehmen Anzug an und ein makellos weißes Hemd mit schwarzer Krawatte; seine Wangen waren rosig, er rieb sich die Hände und lächelte vorsichtig. Der war bestimmt nicht vom Dorf ...

»Andrej Petrowitsch?« fragte er und streckte Schamin seine kräftige, heiße Hand hin, »Sergej Jakowlewitsch Lobanow. Gehen wir hoch zu mir.« Und er stieg, ohne Schamins Einverständnis abzuwarten, die Treppe wieder hinauf.

Schamin war es peinlich zu schweigen, und so fragte er: »Was machen denn die andern? Was gibt's Neues?« Sergej Jakowlewitsch nickte versonnen, antwortete aber nicht.

Die Etagenfrau stand aus irgendeinem Grund beim Erscheinen der beiden auf; sie waren noch nicht mal bei ihr angelangt, als sie ihnen schon den Zimmerschlüssel hinstreckte.

Schamin kam es vor, als wäre die Zeitungsredaktion, die er gerade vor einer Minute verlassen hatte, irgendwo weit weg, in einem anderen Leben.

Das Zimmer war klein, ordentlich, unberührt. Außer Sergej Jakowlewitschs bescheidenem Mantel lag nichts herum.

»Bitte«, sagte Sergej Jakowlewitsch, »machen Sie sich's bequem. Legen Sie ab, hier können Sie Ihren Mantel hinhängen ...«

»Ich behalt ihn lieber an, ich muß gleich wieder los.« Andrej flegelte sich in den Sessel. »Sie wollten mir von meinen früheren Kollegen erzählen? Wie geht's ihnen?«

»Aber, Andrej Petrowitsch«, sagte der Zimmerinhaber mit sanfter Beharrlichkeit, »den Mantel müssen Sie schon ausziehen« – und lächelte kumpelhaft. »Sonst erkälten Sie sich noch, wenn Sie rausgehen ... Geben Sie mir bitte Ihren Mantel, so ist's recht ...«

Bedächtig hängte er Schamins Mantel auf einen Bügel, dann ging er zur Tür und schloß sie ab.

»Damit uns niemand stört«, erklärte er. Dann machte er es sich im anderen Sessel bequem und hielt Schamin eine rote Klappkarte hin.

»Hab ich mir schon gedacht«, sagte Andrej mit trockenen Lippen. »Wozu diese Geheimniskrämerei? Als ob's nicht auch einfacher ginge.«

»Natürlich geht's einfacher, Andrej Petrowitsch, natürlich«, sagte Lobanow sanft, »Sie werden's gleich verstehen. Verzeihen Sie mir den kleinen Schwindel, doch es ist in Ihrem Interesse. Alles zu seiner Zeit, wie es so schön heißt.« Plötzlich sah dieser Mann Mamas Bruder Michail ähnlich. Ohne seinen aufmerksamen Blick von Schamin zu wenden, sagte er: »Ich möchte einfach mit Ihnen plaudern.«

Andrej war erschrocken und gespannt zugleich. Er war schon vielen Mitarbeitern der Staatssicherheit begegnet, doch dieses Zusammentreffen war immer offiziell und trocken, ja sogar angsteinflößend gewesen, doch hier witterte Andrej keine Gefahr, Sergej Jakowlewitschs einschmeichelnde Art wirkte beruhigend, und Andrej merkte überrascht, daß er diesem Gespräch mit Ungeduld entgegensah.

»Schauen Sie, Andrej Petrowitsch«, sagte der Tschekist leise, in vertraulichem Ton, »Sie sind doch ein gebildeter Mensch und wissen, wie die Zeiten heute sind, welche Veränderungen im Lande vor sich gehen. Wir haben nicht mehr die dreißiger Jahre, sondern schreiben das Jahr 1955... Und diese Veränderungen berühren, wie Sie verstehen werden, auch unsere Organe. Wir führen bei uns eine große Reinigung durch, wir haben uns von Leuten getrennt, die sich selbst und unsere Organisation kompromittiert haben. Jawohl, viel Leid mußten die sowjetischen Menschen durch die Übergriffe aller möglicher Schurken ertragen, die sich in unsere Organe eingeschlichen haben. Jetzt besteht unsere Aufgabe darin, nach Möglichkeit, sofern das überhaupt möglich ist, Sie verstehen, sofern das überhaupt möglich ist, die Wunden unschuldiger und ehrbarer Leute zu heilen, verstehen Sie? Die Wunden zu heilen und unserer Organisation wieder zu ihrem guten Ruf zu verhelfen.«

»Ja, natürlich«, sagte Andrej kaum hörbar.

»Heute«, fuhr Sergej Jakowlewitsch fort, »heute haben wir es nicht so sehr mit Bestrafung, sondern eher mit Prophylaxe zu tun, verstehen Sie?«

Andrej nickte und spürte einen Kloß im Hals.

»Unsere gegenwärtige Aufgabe besteht also darin, lieber Andrej Petrowitsch, die Wunden, die schrecklichen moralischen Wunden vieler sowjetischer Menschen zu heilen, die viele Jahre hindurch Verfolgungen, Beleidigungen, falschen Anschuldigungen und ähnlichen Dingen ausgesetzt waren, nun, solcher Menschen wie Sie, zum Beispiel, verstehen Sie? Sie sollen nicht nur an den Worten, sondern auch an unseren Taten erkennen, daß die Zeiten sich geändert haben und daß die Heimat Ihnen wieder vertraut ... Daß sie Ihnen sogar ihre Geheimnisse anvertraut, verstehen Sie?«

»Verstehe«, sagte Andrej Schamin, und gegen seinen Willen traten ihm Tränen in die Augen.

2

In der Kindheit hatte Andrej Schamin immer davon geträumt, auf den Barrikaden zu fallen oder zumindest ein furchtloser Kundschafter zu werden. Aber zu jener Zeit gab es keine Barrikaden, und auch als Kundschafter wollte ihn niemand nehmen. Die Freunde seines Vaters, solche wie Sjoma Rabinowitsch, fuhren unter falschem Namen in europäische Länder und nach Amerika und lehrten die französischen, deutschen, brasilianischen und anderen Proletarier die hohe Kunst der Zerstörung der ungerechtesten aller Welten, in der die einen von den anderen ausgebeutet werden. Sie wollten die Welt verändern und dafür kämpfen, daß alles genau umgekehrt sei.

Sein Vater, Pjotr Schamin, führte das strenge Leben eines Parteiasketen, mit großem Eifer veränderte er Rußland, aß fast nie, schlief überhaupt nicht, hastete durch den ihm anvertrauten Bezirk und wiederholte lautstark immer ein und dasselbe Wort:: »Dawai, Dawai!«

Wenn das Radio eine Rede Stalins übertrug, vergaß er alles auf der Welt, und sein Gesicht drückte so viel Glück und Entzücken aus, daß es für zehn gereicht hätte.

Pjotr Schamins Familie lebte nach den gleichen Gesetzen. Andrej kannte alle hervorragenden Kommunisten des Planeten beim Namen, verachtete die Kapitalisten, haßte die feindlichen Spione und doppelzüngigen Trotzkisten und träumte davon, auf den Barrikaden zu fallen.

Dann kam das Jahr 1937. Plötzlich stellte sich heraus, daß auch sein Vater ein eingefleischter deutscher Spion und doppelzüngiger Trotzkist war. Natürlich war das für Andrej Schamin eine schmerzhafte Erkenntnis, und er schämte sich, zumal seine fünfte Klasse sofort davon erfuhr und mit Fingern auf ihn zeigte.

Nach einer Woche übrigens ließ diese Mißfallensbekundung nach, denn auch die Eltern der meisten anderen Schüler erwiesen sich als deutsche, englische und sogar als japanische Spione und Diversanten. Ja, es wurde leichter für Andrej, im Kollektiv ist immer alles besser zu ertragen.

Seine Mutter, die am Tag von Vaters Verhaftung aus der Partei ausgeschlossen worden war, stürzte ins Zentralkomitee, um das Mißverständnis aufzuklären, das mit Andrejs Vater passiert war. Einen ganzen Monat lang rannte sie dorthin. Die ruhmreichen Tschekisten, die Andrej seit seiner Säuglingszeit vergötterte, arbeiteten präzise und fehlerfrei, und eines Nachts holten sie auch seine Mutter ab. »Also auch sie«, sagte er zu sich und unterdrückte die Tränen.

Hier ist es an der Zeit, eine kleine Episode zu erwähnen. Eines Nachts erwachte Andrej von einem Geräusch, jemand steckte einen metallenen Gegenstand durch die Zentralheizung. Im Zimmer brannte Licht, draußen war es dunkel. Neben dem Heizungskörper hockte der Haushandwerker Pascha und überprüfte etwas.

»Pascha«, fragte Andrej, »muß das unbedingt nachts sein?«

Pascha drehte sich um, und Andrej erblickte einen Unbekannten. Da trat seine verweinte Mutter ins Zimmer, und Andrej begriff, daß die Wohnung durchsucht wurde. Dann küßte sie ihn und ging mit hochgezogenen Schultern weg.

Dieser eigentlich äußerst belanglosen Episode wohnte offenbar ein mystischer Sinn inne, denn sonst hätte Andrej sie nicht sein ganzes Leben lang im Gedächtnis behalten.

Die Partei also reinigte sich vom Unrat, die westlichen Kommunisten gratulierten ihren russischen Brüdern zu ihrem neuerlichen Sieg, der zur rechten Zeit errungen wurde, und der Aufbau des Sozialismus konnte weitergehen.

Natürlich hatte es Andrej nicht leicht. Sohn von Volksfeinden zu sein ist ohnehin schon schwer, und für so einen wie Andrej ganz besonders. So was, gerade ihm mußte das passieren, ihm, der die Namen aller hervorragenden Kommunisten auf dem Planeten auswendig wußte und davon träumte, auf den Barrikaden zu fallen. Aber er verzagte nicht und meisterte tapfer alle Lasten, die er zu tragen hatte.

Er lebte mit seiner Großmutter von deren kleiner Rente. Seine Kleider waren zerrissen, und er wurde nie satt, doch über seinem Bett hing auf der zerfetzten Tapete ein Foto des großen ungarischen Kommunisten Mátyás Rákosi.

Der Mann, der mit ihnen in der Gemeinschaftswohnung lebte, steckte von Zeit zu Zeit seinen Kopf ins Zimmer und fragte argwöhnisch: »Wer ist das?«. Als er aber erfuhr, wer das war, meinte er: »Was für ein Mensch! Eine Persönlichkeit. Hervorragend! Ein Freund Stalins, sagst du? Na, Gott sei Dank.« Dann erinnerte Andrej den vergeßlichen und in Fragen der Politik unerfahrenen Nachbarn daran, daß Rákosi heldenhaft in der Illegalität gegen die Faschisten kämpfte. »Ach, wirklich?« fragte der Nachbar Tjapkin verwundert. »Na so was, was für ein Mensch! Ein wahrer Mensch!«

Ja, die Vorstellung, der Sohn von Volksfeinden zu sein, war bitter. Und besonders bitter war, sich vorzustellen, wie der Vater mit Dynamit durch die finstere Nacht kroch, um den Wasserturm oder das Elektrizitätswerk in die Luft zu sprengen, und wie die Mutter indes die städtische Wasserleitung vergiftete. Aber noch schrecklicher und unerträglicher war das Gefühl, einsam und mutterseelenallein zu sein.

Die Großmutter weinte heimlich, was ihn ärgerte, und er sagte: »Hätte man sie nicht rechtzeitig entlarvt, wäre unser Land jetzt nicht so glücklich. Du glaubst wohl, den Sozialismus könnte man so mir nichts, dir nichts aufbauen? Ja? Du denkst wohl, unsere Feinde schlafen? Hör mal, wenn zum Beispiel Woroschilow im Bürgerkrieg erfahren hätte, daß sein Adjutant ein Feind ist, meinst du, er hätte ihn geschont? Dieser Feind hätte sie in der Nacht ja alle erschießen können. Hör auf mit dem Gejammer!« Und wenn die Großmutter nur ganz schüchtern ein Wort über die Mutter fallen ließ, dann sagte er finster: »Was kommst du immer mit Mama. Irgendwas muß ja gewesen sein.« Aber insgeheim war er tief gekränkt und empfand es als ungerecht, daß seine Mutter, eine prachtvolle Kommunistin, plötzlich eine Saboteurin sein sollte, während dieser Tjapkin, ein popliger Theaterverwalter, weder Spion noch Saboteur war. Und nachts wachte er manchmal auf, und die verfluchten Tränen drohten ihn zu ersticken.

Manchmal stellte er sich vor, er würde in den Kreml bestellt, und Genosse Stalin höchstpersönlich würde ihm mit gutmütigem Augenzwinkern ein unglaubliches Geheimnis anvertrauen: Andrejs Vater war gar kein doppelzüngiger Trotzkist, das alles hatte man sich nur ausgedacht, weil man Pjotr Schamin heimlich mit einem besonderen Auftrag für unbestimmte Zeit in ein faschistisches Land schicken wollte. »Und Mama?« fragte Andrej. »Deine Mutter auch«, sagte Stalin und strich ihm über den Kopf. Um sie herum standen die Kampfgefährten des Führers – Woroschilow, Molotow, Kaganowitsch –, und sie lächelten ebenfalls.

Er sah dieses Bild so deutlich, daß er allmählich daran glaubte, und alles war leichter zu ertragen.

Einmal traf er zufällig auf der Straße einen guten Freund seines Vaters und der ganzen Familie, den er sehr verehrte und lange nicht gesehen hatte. Der Freund stand an der Bushaltestelle und las Zeitung. Andrej erinnerte sich, wie dieser hochgewachsene, schöne Kommunist, dieser lustige Mann, der ständig auf neue Ideen kam, mit ihm gespielt, ihm Geschenke mitgebracht hatte, wie er mit ihm in den Zoo und ins Kino gegangen war, wie er den Vater und auch die Mutter geliebt hatte. Und der Faden, der aus der Kindheit kam, begann plötzlich zu vibrieren, zerriß mit einem hellen Klag und streifte ihn: »Onkel Sascha, Onkel Sascha! Komm mit zu uns nach Hause, zur Großmutter!« rief er. Der Freund tat bei Andrejs Anblick sehr verwundert, tätschelte seine Wange und sprang schnell in den haltenden Bus.

Als die Großmutter seinen aufgeregten Bericht hörte, füllten sich ihre Augen wie immer mit Tränen. Später erklärte sie ihm, Onkel Sascha wohne weit weg von Moskau, habe bereits angerufen und wolle unbedingt vorbeischauen, wenn es seine Zeit erlaubt. Er schaute tatsächlich vorbei, aber da war Andrej leider in der Schule. Er hatte Mischka-Konfekt mitgebracht und schnell wieder weggemußt, weil er sonst sein Flugzeug verpaßt hätte. »Wo wohnt er denn?« fragte Andrej betrübt. »Na in Dingsda«, sagte die Großmutter, »na, wie heißt's denn bloß ...« und fing wieder zu weinen an.

Einige Tage später traf Andrej Onkel Sascha an derselben Bushaltestelle. Onkel Sascha erblickte ihn, wandte sich ab und sprang in den Bus.

Andrej war ein guter Pionier und verstand alles. Auch das. Zu Hause sah Mátyás Rákosi von den zerrissenen Tapeten auf ihn herab, und nicht abflauen wollende Stürme tosten mit neuer Gewalt in Andrejs Seele.

Plötzlich begann der Krieg mit den Japs. Die Japs wurden natürlich in die Flucht geschlagen. Dann wurde das westliche Weißrußland befreit, die Ukraine und Moldawien, zum Glück geschah das rechtzeitig, sonst hätten die deutschen und rumänischen Faschisten auch diese Gebiete erobert und in Konzentrationslager verwandelt. Aber unsere Rotarmisten waren bereits einmarschiert, hatten die Kommunisten aus den Gefängnissen befreit und waren nun dem Volk behilflich, ein neues, glückliches Leben aufzubauen.

Dann mischten sich noch die Finnen ein. Mit denen dauerte es länger. Die waren nämlich alle Scharfschützen, sogar die Kinder. Anstatt in die Schule zu gehen, mußten die finnischen Kinder schießen lernen. Welche Kinder, fragt man sich. Nicht etwa Arbeiterkinder, nein, Kinder von Krämern und der Bourgeoisie. Sie versteckten sich in den Wäldern und töteten unsere Rotarmisten, Kommandeure und Politkommissare, die bei ihnen den Sozialismus errichten wollten, sich aufopferten und in den finnischen Sümpfen frieren mußten. Und diese Schützen, durch die bourgeoise Propaganda verblendet, schossen pausenlos auf unsere Leute. Wo waren bloß die finnischen Arbeiter? Warum schwiegen sie? Sollten sie etwa alle in den faschistischen Folterkammern schmachten?

All diese Fragen quälten Andrej maßlos, als er bei minus vierzig Grad nach Brot anstand, bekleidet mit einem zerlöcherten Mäntelchen, zerlöcherte Stiefel an den Füßen. Diese Fragen quälten ihn auch, als er den Frost nicht mehr aushielt und für einige Minuten ins nächste Postamt flüchtete, und auch als er mit dem Brot nach Hause kam und auf das Porträt des unbeugsamen ungarischen Kämpfers für das Wohl des Volkes blickte.

Er war Pionier und verstand alles. Und wenn man ihm in der Schule keine Funktion gab, war er nicht beleidigt, und als die Pionierleiterin ihm errötend belanglose Trostworte zumurmelte, sagte er stolz und nachdrücklich: »Ich verstehe, daß man mir nicht vertraut. Ich persönlich habe natürlich nichts Böses im Sinn, aber es könnten ja unter uns welche sein, die Verbindung zu ihren Eltern haben. Woher soll man wissen, wer ehrlich ist und wer nicht, stimmt's?« Die Pionierleiterin schaute dankbar und erschrocken auf den dreizehnjährigen Patrioten.

Andrejs Klasse nahm die Stalinsche Verfassung durch. Der Lehrer war Kommunist, woran er ständig erinnerte: »Wir Kommunisten wissen ...«, sagte er bei jeder passenden und unpassenden Gelegenheit. Oder: »Wir Kommunisten sehen ...« Andrej studierte die Verfassung mit Begeisterung, er konnte jedem erklären, daß das Leben in der Sowjetunion deshalb so gut ist, weil es sich auf der Grundlage der Stalinschen Verfassung entwickelt, in kapitalistischen Ländern dagegen gibt es eine solche Verfassung nicht, dort gibt es bloß irgendsoeine bourgeoise Verfassung, und deshalb geht es in diesen Ländern drunter und drüber.

»Wo sind denn bloß die finnischen Arbeiter?« fragte er einmal seinen Lehrer. »Warum machen sie keinen Aufstand?« Der Lehrer wurde sehr wütend und sagte, ihm sei bekannt, wie diese provokativen Gedanken in Schamins Kopf kämen, und daß es nicht schaden würde, einmal die soziale Herkunft seiner Großmutter zu klären. Andrej verstand alles und errötete schuldbewußt.

Dann kam endlich der Frühling des Jahres 1940. Die Finnen waren besiegt, und ihnen wurde ein großes Stück Land weggenommen, damit sie Leningrad nicht bedrohen konnten. Alles kam wieder ins Lot.

Nach der Schule ging er immer auf den Hof spielen. Die Jungs im Hof waren ganz verschieden, auch ihr Schicksal war sehr verschieden, viele waren so wie Andrej Kinder von Volksfeinden. Wie das bei Kindern so üblich ist, wurde einer zum Anführer gemacht. Das war Vitka Petrow. Er war schon fast sechzehn, wollte die Schule sausenlassen und in die Fabrik gehen. »Wir sind die Arbeiterklasse«, sagte er und fluchte dabei fürchterlich. Jeden seiner Untergebenen bedachte er mit einem Spitznamen: Jurka Chromow zum Beispiel nannte er Spionenfresse, weil Jurkas Vater englischer Spion war; den Juden Monja nannte er Itzig; Andrej hieß Trotzkist; Mascha Tomilina Nuttchen, weil ihre Mutter häufig die Kavaliere wechselte. Wegen der Spitznamen eingeschnappt zu sein geziemte sich nicht, außerdem konnte man sich bei Vitka noch eine »Fresse« einholen. Lange Zeit war diese »Fresse« für Andrej nichts als eine geheimnisvolle, unverständliche Drohung, bis Vitka eines Tages Andrej wegen seiner Widerspenstigkeit ins Gesicht schlug, da wußte er, was eine »Fresse« war.

Ihre Spiele waren unterschiedlich, doch meist spielten sie Tschapajew. Klar, daß Vitka immer Tschapajew war und die anderen die Weißen. Sie mußten sich auf ihn werfen, und er schrie: »Du kleiner Wicht, Tschapajew kriegst du nicht!« Und er schlug mit der Handkante zu. »Schlagt die Trotzkisten! Schlagt die Juden!« Klatsch, klatsch. »Hier hast du, Spionenfresse! Und du! Und du!« Klatsch und klatsch. Nach einem solchen Spiel ruhten sie müde, aber glücklich auf der Bank aus, tauschten ihre Impressionen aus und prahlten mit ihren Wunden. Manchmal seufzte Andrej: »Ach, wenn wir alle auf den Barrikaden kämpfen könnten!« Da strich ihm Vitka gutmütig und freundschaftlich übers Gesicht: »Bleib auf dem Boden, Trotzkist.« Und alle lachten. »Ich weiß ja«, Andrej lächelte schuldbewußt, »aber ich möchte doch so gerne.«

Manchmal spielten sie Kundschafter. Das lief folgendermaßen ab: War Vitka der Kundschafter, dann waren alle anderen deutsche und französische Polizisten. Hinten im Hof wurde an einer markanten Stelle ein Gegenstand deponiert, meist ein Ziegelstein oder ein Zeitungsfetzen. Die Polizisten mußten diesen Gegenstand bewachen, und Vitka mußte ihn klauen. Das Spiel begann. Vitka zeichnete sich nicht gerade durch blühende Phantasie aus und stürzte sofort auf den Gegenstand, die Polizisten versuchten ihn zu schnappen, aber ... Klatsch-klatsch. »Da hast du, Spionenfresse! Schlagt die Juden! Schlagt die Trotzkisten!« Klatsch-klatsch, mit der Handkante, wohin er gerade traf, und der Auftrag war erfüllt.

Wenn Vitka die Spionageabwehr zu sein wünschte, dann waren alle übrigen abgebrühte Spione und sollten nun ihrerseits den verabredeten Gegenstand entwenden, Vitka aber stand eisern daneben. Alle übrigen versuchten an ihn ranzukommen, aber ... Klatsch-klatsch ... Da hast du, Itzig! Steck ein, du Trotzkistenfresse! Wo willst du hin, Spionenfresse! Du kleiner Wicht, einen Arbeiter kriegst du nicht! Wo rennst du denn hin, Nuttchen! »Klatsch-klatsch ...

Doch niemand war Vitka böse. Vitka gehörte zu ihnen. Und als einmal fremde Jungs in ihrem Hof erschienen und Monja angreifen wollten, ihm sogar einen Stoß versetzten, da warf sich Vitka auf diese Jungs, verprügelte sie und rief dabei: »Was, unseren Juden wollt ihr schlagen?! Hier, da habt ihr!« Dann packte er einen von den fremden Jungs am Kragen und forderte Monja auf: »Na los, Itzig, gib ihm Saures.« Monja zögerte erst, aber Vitka schrie, und da schlug Monja dem Burschen ins Gesicht. In solch einem Augenblick war Andrej begeistert von Vitka, weil dieser sich für einen Schwachen einsetzte, und außerdem zeigte er dem Rüpel, der wie ein Faschist eine andere Nation mit Füßen trat, was eine Harke ist. Sjoma Rabinowitsch war ja auch Jude, und trotzdem reiste er furchtlos in kapitalistische Länder und lebte dort in der Illegalität, in Argentinien hatte er sogar im Gefängnis gesessen, und in Deutschland jagte ihn die Gestapo, aber dieser hochgewachsene, blauäugige Kommunist erfüllte furchtlos die Aufträge der Komintern.

Ein Jahr verging. Ein zweites.

Andrej war bereits fünfzehn. Er träumte vom Komsomol, aber er wurde aus einleuchtenden Gründen nicht in den kommunistischen Jugendverband aufgenommen. Auch da war er nicht beleidigt.

Die Spiele im Hof waren passé. Vitka arbeitete in der Fabrik, und nach der Arbeit kippte er mit seinem Bruder immer einen. Alle anderen gingen noch zur Schule, und auch die Liebe ließ nicht lange auf sich warten. Zuerst verliebte sich Jurka Chromow in Mascha, aber sie waren noch gar nicht richtig zusammen, als im Hof fremde Jungs erschienen und ihm Mascha wegschnappten. Mascha ließ die Schule sausen und begann zu rauchen. Ihre Mutter, Tellerwäscherin in einem Restaurant gleich in ihrem Haus, rannte ihr mit einem Stock hinterher, doch bald winkte sie resigniert ab. Die fremden Jungs gingen mit Mascha heimlich auf den Dachboden und tranken dort mit ihr geklauten Wodka. Dann verschwanden sie von der Bildfläche, und Mascha erzählte, wie sie die Jungs auf dem Boden alle der Reihe nach mal gelassen hätte, und jetzt würde sie sicher bald schwanger sein. Sie spielten nicht mehr zusammen, was ja auch peinlich gewesen wäre. Sie verliebten sich alle in Mascha, und die wollte keine Spielverderberin sein. Dann brachte sie ihre Freundinnen mit, und es bildeten sich Pärchen. Nun kletterten sie alle vereint auf den Boden, und jeder vergnügte sich dort, wie er es verstand.

Andrej hatte sich schon fast an die Einbildung gewöhnt, daß seine Eltern im Ausland mit einer besonderen Aufgabe betraut waren, und im stillen hoffte er, daß sie jeden Augenblick auftauchen würden und das Leben wieder so sein würde wie früher, als plötzlich jemand zu ihnen nach Hause kam und in Andrejs Abwesenheit der Großmutter unter dem Siegel der Verschwiegenheit erzählte, Vater und Mutter seien am Leben, aber sie wären im Lager unter strenger Isolation und könnten deshalb keine Nachricht schicken.

Das war ein schwerer Schlag. Der Mythos löste sich auf. Die Hoffnung auf ein Wunder kam ins Schwanken und brach zusammen. An die Stelle des erhabenen Dienstes am Vaterland traten nun wieder Lager, Trotzkisten, deutsche Spione, die verheulte Großmutter und die löchrigen Stiefel. Aber auch diesmal ließ Andrej den Kopf nicht hängen. Er redete sich ein, daß mit seinen Eltern ein Versehen passiert sei, mit den anderen aber hätte es alles seine Richtigkeit. Denn wenn seine Eltern tatsächlich Diversanten oder Spione gewesen wären, dann hätte man sie erschossen, wenn sie aber noch am Leben sind, dann wird ihr Fall noch bearbeitet, und bald würde sich alles aufklären. Dieser Gedanke machte ihm das Leben wieder leichter.

Der Sommer 41 war heiß und vielversprechend. Überhaupt war es im Sommer immer besser: man wurde leichter satt, mußte sich nicht warm einpacken, Latschen und Nicki genügten. Im Sommer konnte er lange auf der Straße bleiben und brauchte nicht im schäbigen Zimmer zu sitzen, die verheulte Großmutter vor Augen. Er konnte vom Studium an der Schule für Fernmeldewesen träumen und davon, wie er, gleich Krenkel, Polarfunker wird, einen heroischen Zweikampf mit dem Eis besteht, als berühmter Polarheld nach Moskau zurückkehrt und nicht mehr Sohn von Volksfeinden ist. Jemand hatte Andrej auf diesen Gedanken gebracht, und so bewarb er sich an der Fachschule. Aber als Sohn von Volksfeinden wurde er nicht angenommen, das Fernmeldewesen mußte vor Feinden geschützt werden.

Tjapkin bekam von seiner Tante aus dem Dorf Besuch – einer Alten mit verschrumpeltem, erdfarbenem Gesicht und groben, knotigen Händen. Doch bald zeigte sich, daß sie gar nicht so alt war: »Plagst dich mit der Erde rum, wirst bald selbst zur Erde ...«

Die Stadt jagte ihr Angst ein, und sie ging nirgendwohin. Sie saß in der Gemeinschaftsküche, schaute aus dem Fenster und trank ständig Tee.

»Na, wie steht's bei euch auf dem Dorf?« fragte Andrej. »Geht's euch jetzt besser ohne die Kulaken?« Und er blickte unverwandt in die blaßblauen Augen der Alten. »Jetzt geht's ihnen Gott sei Dank besser«, antwortete Tjapkin für seine Tante. »Früher wurden sie von den Kulaken ausgebeutet, ohne die geht's ihnen jetzt gut.« – »In den kapitalistischen Ländern zum Beispiel«, sagte Andrej, »sterben die Bauern vor Hunger.« – »Ja«, sagte Tjapkin, »in Frankreich zum Beispiel.« – »Oder in Deutschland«, sagte Andrej, »dort müssen die Bauern für den Gutsherrn arbeiten, selbst aber haben sie nichts zu beißen.« – »Da ist es bei uns ganz anders«, stimmte Tjapkin ein. »Dort geht alles drunter und drüber.« – »Die haben nicht nur nichts zu essen«, fuhr Andrej fort, »wenn einer in Deutschland mal was sagt, kommt er gleich ins KZ.« – »Die haben dort ein Lager nach dem andern gebaut«, erklärte Tjapkin seiner Tante. »Das ganze Land ist ein einziges Konzentrationslager.« Die Tante trank Tee und hüllte sich in Schweigen. »Wir bekämpfen die Volksfeinde,« rief Andrej aus, »und sie das Volk! Bei uns ist der Kolchosbauer der Herr seines Landes, er kann selbst bestimmen. Und wie sieht's bei denen aus?« – »Ein einziges Drunter und Drüber,« erregte sich Tjapkin. »Na, macht nichts, Andrjuscha, Genosse Stalin wird auch dort Ordnung schaffen.« – »Die Rote Armee ist die stärkste Armee der ganzen Welt!« verkündete Andrej. »Die stärkste!« stimmte Tjapkin ein. »Könnten wir denn etwa glücklich leben, wenn sie nicht auf Wacht stünde?« fragte Andrej Tjapkins Tante. »Die Kapitalisten würden uns auf der Stelle überfallen und alle Kolchosen zerstören!« – »Grauenvoll!« sagte Tjapkin und betrachtete aufmerksam Andrejs zerrissene Latschen. »Sie würden nicht nur die Kolchosen zerstören, sondern auch alle Kommunisten erschießen!« »Meine Großmutter bekommt Rente, aber bei denen kriegen die alten Leute keinen Heller!« schrie Andrej. »Bist du alt, kannst du verhungern!« – »Die Kinder siechen dahin«, erklärte Tjapkin der Tante, »bei uns dagegen – Andrjuscha zum Beispiel kann unentgeltlich die Schule besuchen, er kann Polarfunker werden.«

So schrien sie, sich gegenseitig ins Wort fallend, und die Tante trank Tee und schwieg.

Vitka Petrow wurde einberufen. Bevor er ging, betrank er sich mit seinem Bruder und kam auf den Hof sich verabschieden. Alle hatten sich versammelt. Der Abschied geriet jedoch sehr merkwürdig. Vitka war ziemlich betrunken und brachte kein vernünftiges Wort raus, er faßte Andrej an die Kehle und fragte: »Na, was soll ich deinem Vater ausrichten?« Andrej konnte sich nur mit Müh und Not befreien. Alle rannten nach Hause, und Vitka wurde weggeführt.

3

»Natürlich«, meinte Sergej Jakowlewitsch, »was die unschuldig Gequälten betrifft, aber die Kinder ... Die Kinder waren mit einem Brandmal gezeichnet. Sie zum Beispiel, solche wie Sie gibt es zu Hunderten, zu Tausenden! Das alles zu analysieren, die Ursachen zu begreifen, steht noch bevor.«

»Ehrlich gesagt«, erwiderte Andrej, »ich hab schon nicht mehr daran geglaubt, daß das einmal so kommt.«

»Wie meinen Sie das?«

»Na, daß Sie mir zum Beispiel sagen, daß

alles ein Versehen war, daß meine Eltern unschuldig sind und daß ich selbst kein Abschaum bin.«

»Ein Verbrechen war das, Andrej Petrowitsch«, sagte Sergej Jakowlewitsch und haute mit der Faust aufs Knie, »kein Versehen, sondern ein Verbrechen! Wozu das jetzt noch verbergen. Aber offensichtlich steht man in Ihrer Redaktion zu Ihnen.«

»Da ist alles in Ordnung«, sagte Schamin. »Jetzt ist alles in Ordnung.«

»Sie sind mir sehr sympathisch«, sagte Sergej Jakowlewitsch. »Ich fühle unheimlich mit Ihnen, wirklich. Ihr Onkel Sascha, na, dieser Lameschko, Alexander, den darf man auch nicht verurteilen.«

»Was für ein Lemeschko?« fragte Schamin verwundert.

»Na, Onkel Sascha, der Freund Ihres Vaters, der Angst hatte, sich mit Ihnen zu treffen.«

»Woher wissen Sie das?« fragte Andrej verblüfft.

Sergej Jakowlewitsch lächelte sanft. »Wir wissen alles, Andrej Petrowitsch, und sogar noch mehr, doch darum geht es nicht. Lemeschko ist nämlich auch im Lager umgekommen.« Er wiegte den Kopf. »Er war ein guter Mensch.«

Auf dem Hotelkorridor waren Schritte zu hören, dort brodelte ein anderes Leben. Andrej sah die ganze Vergangenheit wie im Nebel, alles: den Schmerz, den Zweifel, die Verzweiflung, die Einsamkeit, die klebrige Angst auf der Handfläche des Verstoßenen.

»Sie sind noch jung, gesund, talentiert«, sagte Sergej Jakowlewitsch, »man kennt Sie überall durch Ihre Zeitungsartikel, soweit dürfte bei Ihnen alles in Ordnung sein. Ach ja, wie sieht's denn mit Fremdsprachen aus?«

»Ich lerne zur Zeit Englisch«, sagte Andrej.

»Sehr gut«, Lobanow lächelte. »Romantische Naturen lernen Fremdsprachen für gewöhnlich schnell. Das liegt wohl am feinen Gehör, oder welche musische Ader braucht's dazu?«

»Wieso bin ich romantisch?«

»Wieso denn nicht, Andrej Petrowitsch, so eine Kindheit, solche Gefühlsbewegungen, na und dann die Tränen in Ihren Augen«, er lachte gutmütig –, »gesteigerte Emotionalität.« Und wieder erinnerte er Andrej an Mamas Bruder. »Das ist, sozusagen, alles, was ich, sozusagen, von Ihnen wollte.« Sie verabschiedeten sich aufs herzlichste. »Noch eine große Bitte: Erzählen Sie niemandem etwas von unserer Begegnung. Das soll unter uns bleiben. Ja? Na, ausgezeichnet.«

Sein Gesicht war sehr schön. Er lächelte wie ein alter Freund, seine Gesten waren sanft, er war sehr rücksichtsvoll zu Andrej.

»Ach ja«, sagte Sergej Jakowlewitsch auf der Schwelle, »diese Geschichte mit der Militärschule. Denen haben Sie damals ganz schön eins ausgewischt. Das zeugt von Scharfsinn. Sie sind ein scharfsinniger Mensch, einer von den ganz findigen.«

4

Der Krieg hatte begonnen. Sogleich waren Butter, Brot, Zucker und Fleisch aus den Läden verschwunden. Die faschistischen Heerscharen rückten an. Recht hatte Genosse Stalin, wenn er die inneren Feinde vernichtete. Sonst würden sie jetzt ihr Haupt erheben, und dem Land würde es schlecht ergehen. Doch man hatte sie rechtzeitig unschädlich gemacht, und das Volk konnte zu den Waffen greifen, ohne die fünfte Kolonne fürchten zu müssen.

Allerdings schickten die Deutschen Spione und Saboteure, die Moskau und seine Umgebung überfluteten, jeder zweite erwies sich als Feind, aber es war nicht schwer, sie unschädlich zu machen, da sie sich selbst durch ihr unsowjetisches Benehmen verrieten.

Die Unsrigen mußten sich immer weiter zurückziehen, da die Deutschen uns blitzartig überfallen hatten. Dann schickte Stalin endlich Woroschilow an die Westfront und Budjonny an die Südfront. Nun war der Sieg gesichert. Aber die Unsrigen zogen sich immer weiter zurück. Andrej kehrte der Schule den Rücken und ging in die Fabrik. Die war ziemlich klein, früher wurden hier Töpfe hergestellt, jetzt Handgranaten. Andrej arbeitete vierzehn Stunden am Tag, und niemand erinnerte sich daran, daß er der Sohn von Volksfeinden war.

So verging ein Jahr. Andrej wurde siebzehn, er setzte im Kriegskommissariat durch, daß er zur Armee durfte. Das war einer der glücklichsten Tage in seinem Leben. Nun konnte auch er mit der Waffe in der Hand gegen die Faschisten kämpfen. Bald würde der Krieg zu Ende sein und die Faschisten vernichtet. Die Rote Armee würde vorrücken und Europa vom Faschismus und Kapitalismus befreien. Aber der Krieg war weder im zweiten noch im dritten Jahr zu Ende. Erst im vierten Jahr war er aus, nachdem Andrej schon zwei Verwundungen hinter sich hatte. Er hatte den ganzen Krieg mitgemacht, und in all den vier Jahren hatte ihn kein Mensch daran erinnert, daß er der Sohn von Volksfeinden war, abgesehen von zwei Fällen, aber daran war Andrej selbst schuld.

Beim erstenmal hatte es Andrej Schamin nach der Verwundung in ein Reserveregiment in den Kaukasus verschlagen. Das war eine Abteilung im rückwärtigen Dienst, wo es keinerlei militärischen Drill gab, sondern wo man einfach still, in Erwartung der Werber, bei kärglicher Verpflegung hinter Stacheldraht dahinvegetierte. Auf diese Werber wartete man wie auf das himmlische Manna, alle im Regiment waren alte Fronthasen, und dieses Dahinvegetieren wurde von Tag zu Tag unerträglicher. Weder Tod, noch Verwundung noch schlaflose Nächte konnten sie schrecken, wenn nur dieses gefängnisähnliche sinnlose Herumsitzen endlich aufhören wollte. Einer äußerte sogar die Vermutung, daß man sie absichtlich hungern ließ und absichtlich zwang, in diesen engen Eisenbahnwaggons zu leben und auf gemeinsamen Pritschen zu schlafen, auf denen sich alle nur auf Kommando umdrehen konnten, damit ihnen dieses Leben endlich zum Halse heraushing und die Front ihnen wie eine Erlösung vorkam. Diese Vermutung war gar nicht so abwegig.

Irgendein böser Geist regierte die Stimmung in der Armee, und die Armee verfluchte die Reserveregimenter und die von Schlaf und Hunger völlig stumpfsinnig gewordenen Kommandeure.

Morgens wurden die Soldaten zu Übungen aufgeteilt. Daraufhin verteilten sich die einzelnen Züge in der Umgebung des Militärstädtchens, schleppten sich zu einer abgelegenen Erdmulde, und unter dem sarkastischen Gelächter aller ertönte das Kommando: Schlafen. Die leeren Mägen knurrten. Einige machten es sich wirklich unter den Sträuchern bequem, die übrigen rauchten bis zur Verblödung, sammelten eßbare Wurzeln und verschiedene Kräuter und dachten mit Entsetzen an den bevorstehenden Herbst. So vertrödelten sie die Zeit bis zum Mittagessen, dann wurden ein paar Handgranaten in die Erdmulde geschleudert, und mit einem trägen Lied auf den Lippen kehrte der Zug ins Lager zurück. Das Echo der Detonationen drang bis zum Stützpunkt, und so war nicht zu überhören, wie fleißig die braven Soldaten exerziert hatten. Zum Mittag bekamen sie in ihr Kochgeschirr Wassersuppe geschüttet, in der ganz selten mal ein Mehlklößchen schwamm. Gleich nach dem Essen knurrten die Mägen. Und so ging es jeden Tag, kein Lichtstahl am Horizont. Das Gerücht, aus dem Nachbarregiment wäre schon wieder eine Kompanie an die Front geschickt worden, verdarb den Leuten die Laune. Sie weinten vor Hilflosigkeit. Doch schließlich wurde auch in ihrem Regiment eine Kompanie zusammengestellt: Mit einem Lied auf den Lippen ging's in die Banja, jeder bekam ein großes Stück Seife, eine neue Uniform – der Traum eines jeden Soldaten, das beste aber waren die amerikanischen Schnürstiefel. Mit einem Lied auf den Lippen kehrten sie aus der Banja zurück, und am Morgen ging's auf Transport. Die Kompanie fuhr nach Batumi, von dort aus sollte es nach Noworossisk gehen, mitten hinein in den Hexenkessel. Herrlich! Nur schnell weiter. Der Zug setzte sich in Bewegung, und dann ereignete sich der unerhörte Zwischenfall. Andrej konnte sich nur dunkel an die Einzelheiten erinnern. Gleich auf der ersten Bahnstation tauschten die meisten bei den Bauern ihre amerikanischen Schnürstiefel gegen Tschatscha, Brot und Käse sowie ein paar abgetragene Botten ein. Der Zug setzte sich in Bewegung, und in den Waggons wurde gesungen. Die Kompanie war betrunken. Andrej trank und aß ebenfalls, er war ganz ergriffen. Auf der nächsten Station tauschte auch er schnell seine Stiefel ein, zog irgendein unförmiges geflicktes Lederzeug über die Füße und bekam dafür Tschatscha und Maisfladen.

Dann wurden die neuen Hemden und Hosen gegen alte Klamotten eingetauscht, das Saufen nahm kein Ende. Als sie in Batumi anlangten, hatte sich die Kompanie bis zur Unkenntlichkeit verändert. Um wenigstens etwas nüchterner zu werden, setzte sich Andrej auf das Trittbrett. Wind und Ölgeruch hüllten ihn ein. Dann fing es zu regnen an. Der Himmel war klar, doch der Regen wollte nicht nachlassen. Andrej hob den Kopf und erblickte über sich den Kompaniechef: fahles Gesicht, irre Augen, die Finger am Hosenschlitz. »He!« schrie Andrej und versuchte sich in Deckung zu bringen, aber der Kompaniechef war nicht ansprechbar.

Verkatert und zerlumpt kamen sie in Batumi an, sie schleppten sich in die Kasernen am Stadtrand und fielen aufs Stroh. Als sie am nächsten Morgen erwachten, gewahrten sie ihre Lumpen. Sie sahen ihrer Strafe entgegen. Doch wen sollte man an den Pranger stellen: sie waren alle an dieser Heldentat beteiligt. Der erste Tag war frei, und jemand schlug vor, sich Berijas Sommerhaus anzusehen. Die ganze Abteilung zog los. Am entgegengesetzten Ende der Stadt erblickten sie auf einem großen Hügel eine luxuriöse cremefarbene Villa. Keine Wache zu sehen. Sie gingen ums Haus herum, warfen einen Blick durch ein großes Fenster und entdeckten ein kühles Speisezimmer. »Is ja ein tolles Datschalein«, sagte jemand begeistert. Ein langer ovaler Tisch, sechzehn Sessel, ein altes Eichenbuffet, das Silber blitzte, das Kristall glitzerte. »Weder ein Wächter zu sehen noch ein Hund«, wunderte sich Kolja Grintschenko. »Er kommt für ein, zwei Tage her zum Trinken und Essen«, meinte Sachka Solotarjow. Andrej wußte nicht, wie er sein Schicksal mit dem Namen des Datschenbesitzers unter einen Hut bringen sollte. Ein unglaubliches Märchen tat sich da auf. Vater, Mutter, seine ganze Vergangenheit, waren irgendwo weit weg, im kalten Nebel zurückgeblieben. Hier war das Ende der Welt, eine cremefarbene Festung, das Meer und himmlische Ruhe.

Nachts verschwanden Kolja Grintschenko und Sascha Solotarjow, sie lösten sich in blauen Dunst auf, bei Morgengrauen jedoch schlichen sie sich auf leisen Sohlen wieder in die Kaserne, aber Andrej wachte auf. Da hätschelten sie ihn wie ihren kleinen Bruder und erzählten ihm flüsternd von ihrem Abenteuer. Sie waren bis zur ersehnten Datsche gekrochen, hatten das Schloß aufgebrochen und in der Tischdecke Silber und Kristall weggeschleppt. Irgendwo hatten sie einen Zwischenhändler aufgetrieben und alles für einen

Sonderfrontpreis an ihn verhökert. Andrej bekam ein Brötchen mit duftender Wurst ab, und die Aufregung und Angst der beiden vor Bestrafung übertrugen sich auch auf ihn. Am folgenden Tag wurden die Diebe überführt. Wie das passierte, ist eine lange Geschichte. Sie wurden jedenfalls verhaftet, doch abends kamen sie wieder frei. Sie mußten ja sowieso an die Front, in den Kugelregen. Und so wurden sie angesichts des wahrscheinlichen Todes freigelassen. Kein Mensch hatte Zeit, sich mit ihnen abzugeben. Am nächsten Morgen wurde die ganze Kompanie wieder ins Reserveregiment zurückbeordert, ihr fehlte sozusagen der letzte Schliff. Und so ging's wieder zurück. Ein schönes Tribunal.

Im Reserveregiment erwartete sie dasselbe Leben wie vorher, allerdings nur für kurze Zeit. Wieder wurden sie neu eingekleidet, und man teilte ihnen einen anderen Kommandeur zu. Gerade in dieser Zeit kam Tante Silvia zu Besuch, die Schwester von Andrejs Mutter. Das Wiedersehen war kurz und merkwürdig. Andrej war ob seines baldigen Abmarsches in Hochstimmung, die Tante aber war traurig und versuchte flehentlich den Kommandeur zu überreden. Dann fuhr sie wieder ab, und es wurde Alarm geblasen: die Kompanie sollte zum Bahnhof abmarschieren. Alle mußten sich in Reih und Glied aufstellen, Andrej wurde aufgerufen. Er trat zwei Schritte vor. Die anderen erhielten das Kommando »Rechts schwenkt! Marsch!«, und die Kompanie setzte sich in Bewegung. Andrej blieb allein auf dem Appellplatz zurück. Er stürzte zum Politführer, wollte wissen, was los sei, doch der teilte ihm nur mit: »Die Kompanie soll die Garde auffüllen.« – »Und was bedeutet das?« fragte Andrej verständnislos. »Was das bedeutet, müssen Sie selber wissen«, erhielt er zur Antwort. »Nicht jeder kann zur Garde.« – »Ich bin doch nicht der einzige, dessen Vater verhaftet ist!« rief er. »Kehrt!« fuhr ihn der Politführer an, und Andrej trottete in seinen menschenleeren Waggon.

Erst nach dem Krieg erzählte ihm die Tante in einer vertraulichen Minute, daß sie ein paar Flaschen Kognak und noch andere Geschenke mitgebracht und daß man ihr versprochen hatte, Andrej nicht mit der Kompanie mitzuschicken, zum Glück fand man einen plausiblen Grund. Doch das erfuhr Andrej erst nach dem Krieg. Damals jedoch, als er vergessen worden war, kam er auf die verrückte Idee, sich in einer Militärschule anzumelden. Das geschah folgendermaßen: Zwei Monate nach dem traurigen Abschied von der Kompanie tauchten unverhofft Werber auf. Andrej kam zu einer Artillerieeinheit. Von hier aus war es bis zur Front ein Katzensprung, und wirklich, einen Monat später wurde die Einheit an die vorderste Frontlinie geworfen, wo Andrej gleich beim ersten Kampf verwundet wurde. Nach der Entlassung aus dem Lazarett meldete er sich in einer Schießschule an, um dem schweren Soldatenleben zu entgehen: er hatte es satt, für die Obrigkeit Schützengräben zu graben. Also bewarb er sich an dieser Schule, was er jedoch nach einer Woche bedauerte, aber da war es schon zu spät. Die Ausbildung sollte sehr lange dauern, den harten militärischen Drill war Andrej nicht mehr gewohnt. Wie sollte er aus diesem Schlamassel rauskommen? Andrej ging zum Chef der Schule und teilte ihm mit, seine Eltern seien Volksfeinde. Der zuckte zusammen, sagte aber: »Na und? Der Sohn ist für den Vater nicht verantwortlich.« – »Jawohl«, sagte Andrej, »verstehe, ich möchte bloß nicht, daß Sie denken, ich wollte das verheimlichen.« Am anderen Morgen wurde er entlassen und kam wieder zurück zum Reserveregiment.

5

»Jedes Übel hat auch seine guten Seiten«, wieherte Sergej Jakowlewitsch. »Die Geschichte mit dem Kognak ist uns bekannt, Ihre Tante war wirklich virtuos.«

»Eine Tante wie alle anderen«, sagte Andrej. »Woher wissen Sie von dieser Geschichte?«

»Wir wissen alles«, wieherte Sergej Jakowlewitsch, und wie beim ersten Treffen faßte Andrej erneut Zutrauen zu diesem Mann. »Das ist doch wunderbar: Kein Mensch kann diese Fakten gegen Sie benutzen. Dessen können Sie gewiß sein.«

Natürlich hatte Andrej diese Geschichte irgend jemandem mal erzählt, woher hätten sie sie sonst gewußt? Aber wem – daran konnte er sich beim besten Willen nicht mehr erinnern.

»Ich gebe Ihnen meine Adresse«, sagte Lobanow. »Und falls wir uns noch mal treffen sollten – ist ja alles möglich –, dann nicht hier, sondern dort, einverstanden?«

»Gut«, Andrej willigte sofort ein. Im Beisein dieses Mannes fühlte er sich wohl, er strömte Wärme, Ruhe und Sicherheit aus. In seinen Bewegungen, seinem Lächeln lag Gewißheit. Überhaupt hatte sich schon viele Jahre niemand so freundlich und kameradschaftlich mit

Andrej unterhalten, niemand hatte ihm so aufmerksam und voller Mitgefühl zugehört wie Lobanow. Irgendein vages Vorgefühl benahm Andrej den Atem, und ihm wurde schwindlig. Sergej Jakowlewitsch fragte: »Wie steht's mit Ihrem Englisch? Ich nehme an, alles in bester Ordnung. Ich bin überzeugt.«

»Ganz gut«, meinte Andrej, »ich liebe Sprachen.«

»Gut, daß Sie ausgerechnet Englisch lernen«, sagte Sergej Jakowlewitsch, »sehr gut.«

»Wieso?« Andrej begriff nicht.

Der andere lachte einschmeichelnd und kumpelhaft. Wie ein älterer Freund, genauso wie Onkel Michail, wie ein nahestehender Mensch. »Es gibt da einen Plan, Andrej Petrowitsch, einen ganz konkreten Plan. Warum sollten Sie eigentlich nicht nach Amerika fahren?« Er ließ Andrej Zeit, Luft zu holen, lächelte und sagte: »Genau, warum eigentlich nicht?« Na, wenn Sie zum Beispiel in der Eigenschaft als Baptist hinführen? Und dort ein stilles und vergnügtes Leben führen würden.«

»Was denn, Baptist? Wozu denn das?« flüsterte Andrej verwundert.

»Nicht doch«, meinte Sergej Jakowlewitsch, »nicht sofort natürlich, sondern allmählich. Das müßte Sie doch interessieren bei

Ihrer Phantasie. Nehmen wir mal an, Sie fahren erst mal nach Sibirien, und dort treten Sie in eine Baptistensekte ein, verstehen Sie?«

»Wer denn? Wie denn?«

»Das lassen Sie mal unsere Sorge sein, mein lieber Andrej Petrowitsch. Sie treten also der Sekte bei, gewöhnen sich an die Ordnung, an die Regeln, eignen sich die entsprechende Lexik an, verstehen Sie? Und dann sind wir dran. Wir schicken Sie in die Staaten, da existiert so ein Austausch, na, so eine Art … Sie wissen schon.«

»Und was muß ich da machen?«

»Gar nichts«, sagte Sergej Jakowlewitsch und betrachtete Andrej aufmerksam. »Nichts, Sie führen einfach ein stilles und vergnügtes Leben, und fertig.«

»Merkwürdig, sehr merkwürdig«, sagte Andrej, »soll ich etwa Spion werden?«

»Warum gleich Spion, Andrej Petrowitsch«, lachte der Tschekist. »Doch wenn wir schon mal beim Thema sind, dann lieber Kundschafter. Aber wissen Sie, das ist reine Formsache. Sie leben einfach dort, und fertig, gewöhnen sich an die Gebräuche und Sitten. Na, und wir stehen mit Ihnen in Verbindung, und Sie informieren uns über die Stimmungslage. Das ist alles. Sie müßten allerdings von zu Hause weg, von der Familie.«

Der will mich veräppeln, dachte Andrej. Und wenn doch was dran ist?

»Ihre äußeren Merkmale eignen sich gut«, sagte Lobanow, »Sie sind charmant, begabt, lernen leicht Sprachen.«

»Sehr leicht«, pflichtete Andrej eilig bei.

»Na sehen Sie. Schließlich gibt's Leute, die sind taub auf beiden Ohren, denen fällt's nicht so leicht.«

»Ich hab ein gutes Gehör«, sagte Andrej, »ich behalt leicht die Melodie und Intonation.«

»Na bitte«, sagte Sergej Jakowlewitsch, »genau das, was wir brauchen, wissen Sie. Haargenau.«

»Und wenn man mir auf die Schliche kommt, was dann?« fragte Andrej.

Lobanows braune Augen blitzten.

»Keine Gefahr, Andrej Petrowitsch, Ihnen wird nichts passieren.«

Plötzlich kam Andrej der Gedanke, er phantasiere, dieser Gedanke verschwand jedoch gleich wieder, und über allem schwebte erneut der rosa Schleier angenehmer Traumgesichte und Halluzinationen. Der Mensch ist stets geneigt, an das Gute zu glauben, der Traum erscheint ihm als Realität. Schließlich kann man ja nicht sein ganzes Leben an seiner Vorherbestimmung zweifeln.

Er begab sich in die Redaktion. Als er so die Straße entlanging, betrachtete er sich von der Seite. Er sah einen hochgewachsenen, kräftigen Mann mit schneidigem Gang, der klüger war, als er aussah. Nachts hatte er wirre Träume: Er war mit einem merkwürdigen Gewand bekleidet und befand sich an einem unbekannten Ort. Anderentags wäre er am liebsten irgendwohin gegangen, um jemandem all das anzuvertrauen. Ein Brief von seiner Mutter traf ein. In einigen Tagen würde sie nach Moskau zurückkehren. Wie sich die Verhältnisse geändert hatten! Es war Zeit, etwas über die Baptisten zu lesen, er müßte sich doch sehr verstellen, wenn er einen Gläubigen spielen wollte. Ob das alles richtig war? Aber so was ist nur im privaten Leben schlecht, wenn es jedoch um die große Sache geht ... Und das war doch eine große Sache, eine wichtige Staatsangelegenheit. Außerdem liebte er schon immer das Theater, er hatte im Theaterzirkel gespielt, und dort mußte er sich ja auch in andere Menschen verwandeln. Das Gewissen plagte ihn nicht mehr, im Gegenteil. Mit der Rückkehr seiner Mutter rechnete er schon lange, seit Stalins Tod. Die letzten Monate war dieses Ereignis in greifbare Nähe gerückt, und die erste Erwartungsfreude war bereits verflogen. Die

Mutter kam zurück, und er mußte nach Amerika. Unvorstellbar!

Mit neuem Eifer stürzte er sich auf sein Englischstudium. Er hatte Riesenglück. Er wohnte nämlich in einem kleinen Zimmerchen in einem Privathaus am Rande der Stadt, und in das Nachbarzimmer war eine neue Mitarbeiterin eingezogen. Sie hieß Anna Iljinitschna, eine untersetzte Frau mit großen, traurigen Augen, energisch und sympathisch. Auf ihrem Gesicht lag der unruhige Widerschein eines anderen Lebens und anderer ferner Gegenden, abgesichert von Wachposten und Stacheldraht. So was sah man gleich. Auch Andrej trug ein Zeichen, das Anna Iljinitschna mühelos zu deuten wußte. So erkannten sie einander und wurden Freunde. Anna Iljinitschna war Englischlehrerin, sie interessierte sich für Andrejs Angelegenheiten, und schon bald sollte sie in seinem Leben eine wichtige Rolle spielen. Als sie erfuhr, daß er Englisch lernte, bot sie ihm ihre Dienste an, einfach so, ohne Honorar. Diese Einladung kam so freundlich, daß er nicht ablehnen konnte. Sie ahnte natürlich nicht, welche glänzende Karriere ihm bevorstand. Sie sah nur seinen Eifer und fing selbst Feuer. So arbeiteten sie mehrere Stunden in der Woche.

6

Nach vierzehn Tagen rief Lobanow an und schlug einen Treff vor, diesmal allerdings am neuen Ort. Nach Arbeitsschluß eilte Andrej zur vereinbarten Stelle. Der Vorgeschmack der Wandlungen in seinem Leben benahm ihm den Atem. Schon zwei Monate lebte er wie im Traum, und sein vom unerwartet herabrieselnden Segen getrübter Blick schweifte über das Redaktionszimmer und seine Kollegen, die im Sumpf ihres widerlichen Provinzalltags versackten; auch die Leute auf der Straße kamen ihm erbärmlich vor, er hätte ihnen am liebsten ins Gesicht gelacht; überhaupt war um ihn her alles wie von einer anderen Welt, fremd und niedrig im Vergleich zu dem, was ihn erwartete.

Er öffnete die Tür zu einem ganz normalen Wohnhaus, stieg die Treppe hoch und drückte wie verabredet auf den Klingelknopf.

Eine mürrische Frau öffnete ihm und entfernte sich wortlos. Aus dem nächstgelegenen Zimmer trat Sergej Jakowlewitsch. Das Zimmer, in das sie gingen, war winzig und offensichtlich unbewohnt. Ein kleiner Schreibtisch, zwei Stühle, ein Büroschrank, das war die ganze Einrichtung. Sergej Jakowlewitsch trug wieder den grauen Anzug, aber diesmal hatte er einen Pullover und weiße Filzstiefel an.

»Nun«, sagte er, »mir scheint, bei Ihnen ist alles in Ordnung.«

»Ja«, sagte Andrej, »ich lerne Englisch.«

»Ich habe Ihre Artikel gelesen«, sagte Lobanow. »Hervorragend.«

»Und was macht mein Auftrag?« fragte Andrej gespannt.

»Alles zu seiner Zeit, mein lieber Andrej Petrowitsch«, lächelte der Freund gutmütig. »Gut Ding will Weile haben, Andrej Petrowitsch.«

Warum hat er mich dann herbestellt? dachte Andrej. Als hätte Lobanow Andrejs Frage gehört, sagte er: »Wir haben einen Auftrag für Sie, Andrej Petrowitsch.« Sein Gesicht wurde ernst. »Folgendes. Im Bezirk Kaluga wird ein Atomkraftwerk gebaut.«

»Ist mir bekannt«, sagte Andrej.

»Und wie Sie sich denken können, versuchen westliche Spione dort einzudringen«, sagte Sergej Jakowlewitsch. »Und nun, lieber Andrej Petrowitsch, haben wir erfahren, daß einer von ihnen schon nach Kaluga unterwegs ist, verstehen Sie? Möglicherweise taucht er hier auf. Wir stehen in Alarmbereitschaft.«

Andrej fiel seine Kindheit auf dem Arbat ein und wie Vitka Petrow den »Polizisten«

den Ziegelstein entrissen hatte, und er lächelte.

»Sie brauchen keine speziellen Vorkehrungen zu treffen«, sagte Sergej Jakowlewitsch, ohne Andrejs Lächeln zu bemerken. »Dafür haben wir unsere Leute. Aber Sie sollten auf alle Fälle unterrichtet sein, bei Gott ist kein Ding unmöglich, vielleicht läuft er Ihnen übern Weg.« Und er holte aus der Schreibtischschublade eine Fotografie im Format 6 x 9 und reichte sie Andrej. »So sieht er aus.«

Ein nicht mehr junger Mann mit buschigen Augenbrauen schaute Andrej finster an. Sein Blick war hart. Die Lippen zusammengepreßt. Die dunklen Haare bildeten an den Schläfen kurze Koteletten.

Andrejs Knie zitterten vor Aufregung, er trat von einem Bein aufs andere, um sich nicht zu verraten. Dann fingen auch noch die Hände an zu zittern. Er gab Lobanow die Fotografie zurück und fragte:

»Und wenn er uns durch die Lappen geht?«

»Das soll ja gerade verhindert werden«, sagte Lobanow ruhig. »Wenn Sie ihm plötzlich begegnen, das heißt, wann immer Sie ihm begegnen, rufen Sie mich an. Hier ist meine Nummer. Ich bin immer zu erreichen. Ach, übrigens, denken Sie sich einen Decknamen aus.«

»Wie das?« Andrej verstand nicht.

»Na, ein Deckname, damit Ihr Name nicht in alle Welt hinausposaunt wird, irgendwas einfaches, was sich leicht einprägt ...«

»Korobow?« fragte Andrej.

»Von mir aus Korobow«, Sergej Jakowlewitsch lachte. »Prima, nun schreiben Sie noch: Ich wähle den Decknamen Korobow. Hier haben Sie Papier, so, und die Unterschrift, fein. Und nun gehen Sie, Andrej Petrowitsch, und denken Sie daran, von Ihnen hängt sehr viel ab.«

Und Andrej ging in den Februarabend hinaus.

Die eisige Kälte spürte er nicht. Zu Hause war es ihm jetzt zu langweilig, und so streifte er als geräuschloser Schatten wie ein Wachhund durch die abendlichen Straßen von Kaluga auf der Suche nach dem Gesicht, das er sich eingeprägt hatte. Er schaute in Läden, die zu dieser späten Stunde noch geöffnet hatten, schlich um die Kasse vom Kino »Zentral«, ging die ganze Kirow-Straße runter, dann die Lenin-Straße hoch, wärmte sich in der Post ein bißchen auf und ging in der Redaktion vorbei, wo er dem Nachtwächter seine Anteilnahme aussprach. Es juckte ihn, jemandem von seinem Glück zu erzählen, aber er beherrschte sich, streifte erneut mit seinem Geheimnis durch die Straßen, blickte in die Gesichter der Passanten, die ab und zu vorbeikamen. Schließlich war er völlig durchgefroren und schlürfte in die leere Apotheke. Hier war es ein bißchen wärmer, und die in ihren Mantel eingemummelte Apothekerin fragte, was er wünsche.

»Mir ist kalt«, gestand Andrej.

Sie ließ ihn in Ruhe. Die Tür quietschte, und ein Käufer trat ein. Sein Blick glitt suchend über die Vitrine, dann verlangte er Aspirin. Die Apothekerin ging die Arznei holen, und da erblickte Andrej die kurzen, dunklen Koteletten und zuckte zusammen: Das war er, der vom Foto, dem die Kalugaer Profis mit heraushängender Zunge nachjagten. Er hatte fast sein Ziel erreicht, lebendig und unbeschadet, sein Los hing jetzt von Andrejs Findigkeit ab. Mitleid empfand Andrej nicht. Der Ehrgeiz hatte ihn gepackt. In der nächsten Telefonzelle wählte er die verabredete Nummer und vernahm Sergej Jakowlewitschs gurrenden Bariton.

»Hier Korobow«, hauchte er in den Hörer. »Hab ihn in der Apotheke auf der Engels-Straße entdeckt.«

»Sehr gut«, sagte der Freund, so als sei das die normalste Sache der Welt. »Gehn Sie nach Hause. Wir treffen Maßnahmen.«

Ein bißchen merkwürdig, daß die Sache so banal und alltäglich ausgehen sollte. Kein Kampf, keine Verfolgungsjagd.

Dennoch ging er, der hochgewachsene und starke Mann, mit leichtem, federndem Schritt nach Hause.

7

Es war bereits Ende April. Er bekam einen Brief von der Mutter aus Moskau! Sie war frei! Ihr war eine Wohnung zugewiesen worden, und man hatte sich bei ihr entschuldigt. Sie wartete auf Andrej.

Das waren Zeiten! Anna Iljinitschna schlug vor, dieses Wunder zu feiern. Wer, wenn nicht sie, begriff, was das alles bedeutete. Wodka wurde gekauft, sie tranken auf das Wohl von Andrejs Mutter, auf das wohl aller Rückkehrer, auf das Wohl derer, die überlebt hatten. Sie gedachten der Umgekommenen. Sie weinten.

»Das war eine schreckliche Zeit«, schluchzte Anna Iljinitschna. »Es will und will mir nicht in den Kopf, wie wir das alles ausgehalten haben. Auch du hast dein Kreuz tragen müssen, Andrjuscha, so was ist niemandem zu wünschen! Aber jetzt wird alles anders, ganz bestimmt. Siehst du, man läßt dich bereits bei der Zeitung arbeiten, man vertraut dir. Bald kann auch ich nach Moskau. Komm, trinken wir auf deinen seligen Vater.

Sie tranken auf Andrejs Vater. So tranken sie auf das Wohl der Lebenden und auf die ewige Ruhe der Toten, und dann wieder auf das Wohl, und wieder auf die ewige Ruhe ...

Da flüsterte Andrej plötzlich: »Ich fahre bald nach Amerika.«

Sie lachte. Da erzählte er ihr alles, sogar von der letzten Jagd Ende Februar. Sie hörte ihm mit gesenktem Kopf zu, blickte ihn ab und zu an, verwundert, nüchtern, mit geröteten Wangen, um dann wieder in sich zusammenzusinken. Munter beendete er seine Erzählung.

»Und du glaubst das alles?« fragte sie.

»Natürlich!« rief er heiser. »Diese Sache haben sie mir doch nicht einfach so übertragen. Nicht die Götter sind es, die die Töpfe brennen.«

»Na, na«, sagte sie und trank einen Schluck.

Alles war mit einemmal zusammengebrochen, erloschen, irgendwas war zerstört.

»Berede das lieber mit deiner Mutter«, sagte sie teilnahmslos.

»Sie glauben mir wohl nicht?« wunderte er sich.

»Dir schon«, sagte sie, »ich glaub dir, aber rede lieber mit deiner Mutter darüber, unbedingt.« Sie trank wieder einen Schluck.

Nach diesem Gespräch mit Anna Iljinitschna beschloß er, während der Maifeiertage nach Moskau zu fahren.

In der Redaktion nahm er sich vier Tage frei. Vor der Abreise hatte er den ganzen Tag noch alles mögliche zu erledigen, und abends rief Sergej Jakowlewitsch an und schlug einen Treff vor. Andrej sagte ohne besonderen Enthusiasmus zu. Den ganzen Tag hatte er seinen Zeitungskram im Kopf, das gestrige Gespräch mit Anna Iljinitschna aber, Amerika und seine neue Bestimmung schienen vergessen. Der Telefonanruf rührte alles wieder auf, es war wie früher, nur, daß er keine Freude mehr empfand. Die Begeisterung, die Aufregung, das Geheimnisvolle, in das er eingeweiht war, das Gefühl, daß alles ringsumher klein, erbärmlich und langweilig war, all das, was ihn sonst vor einem Treff in Hochstimmung versetzt hatte, war dahin. Nur eine leichte Apathie war geblieben, und Anna Iljinitschnas trauriges, verwundertes Gesicht tauchte vor ihm auf, ihre großen tragischen Augen, wie sie das Glas hinterkippte und den Kopf schüttelte, als sie sich seine hastige, betrunkene Erzählung anhörte. Eine Wolke des Zweifels schwebte über seinem Haupt, als er zum Treff mit dem Freund ging, und irgendwie wärmten der Händedruck und der einschmeichelnde Ton nicht so wie sonst. Eine gewisse Gereiztheit streifte ihn mit ihrem Flügel, was vordem niemals vorgekommen war, und er fragte noch im Stehen: »Was ist mit Amerika?«

»Läuft alles wie geschmiert, Andrej Petrowitsch. Bald geht's los«, sagte Sergej Jakowlewitsch lächelnd. Sein Tonfall ließ jedoch einen leichten Vorwurf erkennen.

»Und wie ist die Sache mit dem Spion ausgegangen?« fragte Andrej.

»Mit welchem Spion?« Lobanow verstand nicht.

»Na, mit dem ... na, wissen Sie denn nicht mehr, Ende Februar? Der ins Atomkraftwerk wollte.«

»Ach, der«, sagte der Freund verwundert. »Alles in Butter, den haben wir geschnappt.« Und er beugte sich zu Andrej. »Sie haben uns wirklich sehr geholfen! Sie haben äußerst operativ gehandelt. Einfach Klasse.«

Wie gerne hätte sich Andej entspannt, wie gerne hätte er diese Worte genossen, aber er war erregt, saß wie auf heißen Kohlen, Anna Iljinitschnas große tragische Augen tauchten vor ihm auf, alles erschien absurd. Vor dem Fenster rauschte das frühe Grün der Bäume.

Passanten gingen vorüber. In Moskau wartete die Mutter.

»Was macht Ihr Englisch?« fragte Sergej Jakowlewitsch träge.

Andrej nickte, und plötzlich dachte er, daß das alles doch nicht einfach so vorbei sein kann, Amerika kann doch nicht nur eine Fiktion gewesen sein.

»War Ihnen das damals unangenehm?« fragte Sergej Jakowlewitsch. »Na, die Sache damals, mit dem Spion? Paßte Ihnen was nicht?«

»Nein, wieso denn?« fragte Andrej.

»Mir schien, als seien Sie irgendwie verstimmt.«

»Nein, nur ... Das mit Amerika ist irgendwie ... War ja wohl ein kurzer Traum.«

»Hm«, sagte der Freund verärgert, »Sie sind wirklich ... Das ist doch eine verantwortungsvolle Aufgabe, verstehen Sie? Das muß doch alles abgewogen werden.« Und er lachte. »Das ist doch nicht so, wie wenn man in den nächsten Landkreis fährt, Andrej Petrowitsch.«

Andrej wollte gerade sagen, daß er über die Feiertage nach Moskau fahre, zu seiner Mutter, daß er sicher bald ganz nach Moskau ziehe, als Sergej Jakowlewitsch ihn bereits fragte: »Sie wollen nach Moskau? Das trifft sich gut.«

Andrej zuckte zusammen: Woher wußte Lobanow von seiner Absicht? Aber er ließ sich nichts anmerken. Der dünne Faden, der sich von den Gedanken zu den Wörtern spann, war der alte, der bekannte und rätselhafte zugleich. Dafür saß er jetzt klein, geduckt und in sich zusammengesunken auf seinem Stuhl. Wo war der glanzvolle Held von einst mit dem leichten geschmeidigen Gang geblieben?

»Wir haben einen Auftrag für Sie«, sagte Sergej Jakowlewitsch. »Nur Sie können ihn ausführen, das heißt, wir haben natürlich erfahrene und findige Leute, aber denen fehlt das gewisse Etwas. Ihr Charme. Wär schön, wenn Sie ihn annehmen würden. Es wäre auf dem Weg nach Moskau, ganz bequem.«

»Was für ein Auftrag denn?« fragte Andrej. »Soll ich wieder einen Spion fangen?« Er wollte es Lobanow gleichtun und ebenfalls einen Scherz machen, um dann wieder ernst und nachdenklich zu werden.

»Es wäre auf Ihrem Weg«, wiederholte Sergej Jakowlewitsch, ohne Andrejs Scherz zu beachten. »Folgendes: In Malojaroslawez lebt ein Vater mit seiner Tochter, ehemalige Emigranten, aus Paris. Sie heißen Kowrigin. Der Alte arbeitet in einem Versuchslabor für Pflanzenzucht, seiner Tochter ist Hygienearzt. Arbeitet auf einer Epidemiestation, Kowrigina. Eine schöne junge Frau. Nastasja. Und nun folgendes: Uns wurde signalisiert, daß sich in ihrem Haus ehemalige Emigranten treffen, solche wie sie, und der eine oder andere früher Repressierte. Da finden natürlich alle möglichen Gespräche statt, so was wie ein Diskussionsklub. Verstehen Sie mich richtig, möglicherweise ist an der Geschichte überhaupt nichts dran, eine grundlose Beschuldigung, Verleumdung, wissen Sie? Dann bekommt der Verleumder was über den Schädel, verstehen Sie? Wann wollten Sie nach Moskau? Morgen? Sie bräuchten nur einen Tag in Malojaroslawez zu bleiben. Sie machen sich mit der Schönheit bekannt, bezaubern sie ein bißchen oder so und bringen alles in Erfahrung. Allein aus einem Gespräch mit ihr wird vieles klar! Doch das wissen Sie selber viel besser, Andrej Petrowitsch. Hier geht es möglicherweise um den Ruf anständiger Leute. Um die Aufdeckung einer Verleumdung.«

»Und wenn sie nicht mit mir reden will?« fragte Andrej ohne Enthusiasmus.

»Was heißt hier, nicht wollen? Sie sind doch Korrespondent der Bezirkszeitung. Sie richten ein paar sachliche Fragen an sie, und ein paar allgemeinmenschliche, oder?« Er lachte.

»Ich werd's versuchen«, sagte Andrej.

8

Malojaroslawez erreichte Andrej erst spät, so um 11 Uhr abends. Er ging quer durch die Stadt zum Hotel, ohne Hoffnung auf ein Zimmer. In der Hotelhalle war es still und leer. Nur an der Rezeption stand ein hochgewachsener Mann und flirtete leise mit der Verwalterin.

»Kein Zimmer frei«, sagte sie, ohne Andrej auch nur ein einziges Mal angesehen zu haben.

»Daran hab ich nicht gezweifelt«, sagte Andrej.

»Nimm ihn auf, Nadjuscha«, sagte der Mann. »In meinem Zimmer ist doch noch ein Bett frei.«

»Wenn Sie damit einverstanden sind?« fragte sie kokett. »Von mir aus«. Sie nahm Andrejs Ausweis und trug ihn in das Anmeldebuch ein.

»Da hab ich ja Glück!« sagte Andrej und ging auf sein Zimmer. Da hatte er wirklich Glück gehabt, er war noch nicht mal richtig im Hotel, und bums, hatte er schon ein Bett, er brauchte nicht mal einen Kniefall zu machen.

Das Zimmer war nicht groß: zwei Betten, ein Tischchen mit einer Karaffe und einem alten, verstaubten Gummibaum. Eine trübe Glühbirne ohne Lampenschirm hing an der Decke. Draußen war es dunkel. Morgen sollte er Nastasja Kowrigina treffen. Die schmeichelnden Instruktionen Lobanows klangen ihm im Ohr. In Moskau erwartete ihn seine Mutter. (Wird er sie wiedererkennen?)

Andrej zog sich aus und legte sich, ohne das Licht zu löschen, ins Bett. Es gibt doch noch Gerechtigkeit auf der Welt! Was werden jetzt wohl die sagen, die ihn Sohn von Volksfeinden geschimpft haben? Wie werden sie ihm in die Augen blicken? Doch wie sehr sich Andrej auch anstrengte, er konnte sich an keinen einzigen von ihnen erinnern. Die Nacht, die Zeit, die Entfernung und das unzuverlässige Gedächtnis hatten alles zugedeckt. Dieser bewährte Tarnanstrich schützte sie vor der Vergeltung.

Als der liebenswürdige Zimmergenosse genug mit der Verwalterin geflirtet hatte, kam er nach oben. Er zog sich schnell aus und legte sich ins Bett. Vorher fragte er, ob er das Licht ausmachen könne. Als es dunkel war, ertönte seine dumpfe Stimme: »Viele Grüße von Sergej Jakowlewitsch.« Das war wie ein Spiel. Ein Spiel von Erwachsenen. Andrej war Mitwisser eines bedeutenden Geheimnisses. Anna Iljinitschnas große Augen verloschen. Irgendwo hier in der Nähe lag die wunderbare Nastasja Kowrigina ahnungslos in ihrem Bett.

»Vielen Dank«, murmelte Andrej.

»Folgendes, Andrej Petrowitsch«, tönte die Stimme des Zimmergenossen im Dunkeln, »gehen Sie gleich morgen früh hin? Reichen Ihnen drei Stündchen? Danach treffen wir uns, und Sie geben mir einen Bericht. Am besten auf dem Bahnhofsvorplatz. Punkt Zwölf.«

»Lieber um eins«, sagte Andrej.

»Gut, also pünktlich um dreizehn Uhr«, stimmte der Zimmernachbar zu. »Sie gehen über den Platz zum Bahnhof, und ich komme Ihnen entgegen. Ich bitte Sie um Feuer.«

»Was?« flüsterte Andrej heiser.

»Und während ich mir eine Zigarette anzünde, geben Sie mir die Informationen. Schlafen Sie gut, Andrej Petrowitsch.«

Gegen Morgen schlief Andrej ein. Er wälzte sich im Bett, und um acht stand er auf. Der Zimmernachbar war schon weg. Sein ordentlich gemachtes Bett ließ nichts mehr vom gestrigen Abend ahnen. Andrej rasierte sich flüchtig und verließ das Hotel. Es war ein sonniger Morgen. Das frische Grün der Bäume leuchtete. Amerika war weit. Die Passanten kamen ihm nicht mehr erbärmlich vor. Gleich würde er Nastasja Kowrigina sehen. Von diesem Treffen hing offensichtlich eine Menge ab. Er bereitete sich seelisch und moralisch darauf vor, aber sein Gang wurde davon nicht elastischer. Irgend etwas hemmte ihn, aufrecht und tapfer dreinzublicken.

Schließlich hatte er die Bezirks-Epidemiestation gefunden, einen kleinen Flachbau mit einem Vorgärtchen. Im winzigen Empfangszimmer saß eine schöne Blondine. Andrej betrachtete sie wehmutsvoll.

»Ich komme von der Bezirkszeitung«, sagte er und zeigte ihr seinen Dienstausweis. »Wir arbeiten an einer Reportage, und ich hätte mich gerne ein bißchen mit Ihnen unterhalten.«

»Nastasja Nikolajewna kommt gleich«, sagte die Blondine, »mit ihr können Sie reden.«

Andrej fiel ein Stein vom Herzen. Gott sei Dank, dachte er, da muß ich nicht mit der blonden Viper poussieren. In diesem Moment kam eine Königin ins Zimmer. Andrej zuckte zusammen, als er sie erblickte. Das war eine echte Pariserin, so jedenfalls hatte er sie sich immer vorgestellt. Sie war groß, schlank, schön und nicht so angezogen wie die anderen Frauen von Malojaroslawez. Sie blickte ihn von oben herab an. Das war wirklich eine schöne junge Frau, anscheinend eine Altersgenossin von Andrej, eine grauäugige Brünette mit hoher Stirn und Bubikopf, eine echte Anastasia! Jetzt fehlt nur noch, daß sie französisch spricht, dachte er.

»Zu mir?« fragte sie nicht gerade sehr liebenswürdig in reinstem Russisch.

»Er ist von der Zeitung, Nastasja Nikolajewna«, antwortete die Blondine unterwürfig.

»Ich komme von der Zeitung«, sagte Andrej, so lässig, wie er konnte. »Wir arbeiten an einer Reportage.«

Sie wunderte sich gar nicht, zuckte nicht mal mit der Wimper. Sie war kalt und unzugänglich.

»Was wollen Sie wissen?«

»Alles«, sagte Andrej und lächelte vielsagend. »Die Spezifik Ihrer Arbeit, Probleme, Perspektiven.«

»Die Spezifik ist aus dem Namen der Einrichtung ersichtlich«, sagte sie. »Probleme haben wir nicht mehr als alle anderen, die Perspektiven sind unbestimmt.«

Er zog den Notizblock aus der Tasche. Sie bot ihm nicht mal Platz an, wahrscheinlich hätte sie den ungebetenen Gast am liebsten hinaus befördert.

»Und weiter?« fragte er lächelnd.

»Das ist alles«, antwortete die Emigrantentochter.

»Wissen Sie«, sagte er und schaute dieser ausländischen Person direkt in die Augen, »meinen Sie, ich frage Sie zu meinem Vergnügen? Wollen Sie nicht, daß über Sie was in der Zeitung steht?«

»Ist mir schnurzegal«, sagte sie und blickte ihn unverwandt an. »Aber fragen Sie nur, fragen Sie. Wenn Sie Fragen haben, dann fragen Sie.«

»Wissen Sie«, sagte er beleidigt, »man könnte meinen, ich hätte Ihnen was getan. Ich weiß von Ihrer Arbeit rein gar nichts, was Sie machen, wozu und was das überhaupt alles soll.«

Er fand keinen Strohhalm, an dem er sich hätte festhalten können.

»Zeigen Sie ihm doch das Mikroskop«, schlug die Blondine vor.

»Ach, ja«, antwortete die Kowrigina, »das Mikroskop. Bitte.« Mit einer Handbewegung lud sie ihn ins Nebenzimmer ein. Dieses Zimmer war größer als das erste. Ein paar Schränke, ein Tisch, auf ihm das Mikroskop.

»Das da?« fragte Andrej.

»Ja, das«, antwortete sie.

Endlich ein Gesprächsthema, dachte Andrej.

»Und was machen Sie mit dem Mikroskop?« fragte er.

»Hier gucken wir rein.« Sie tippte mit dem Finger auf die Linse. Man mußte ihr jedes Wort aus der Nase ziehen. Für einen Augenblick stellte er sich vor, wie er sie dennoch zum Sprechen bringen, wie er ihre Kälte brechen und sich mit ihr anfreunden würde. Das war eine Frau! Er würde regelmäßig zu ihr nach Malojaroslawez fahren und sie zu ihm nach Kaluga. Sie gefiel ihm. Sie gefiel ihm ausnehmend gut. Und je mehr sie ihm gefiel, desto verwirrender waren ihre grauen Augen.

»Wie interessant!« sagte Andrej hoffnungsvoll, »und wie macht man das?«

Sie zuckte mit den Schultern und stellte das Mikroskop ein.

»Haben Sie das denn in der Schule nicht durchgenommen?« fragte sie.

»Nein«, log er, errötete und preßte sein Auge ans Okular.

Auf einer matten Fläche bewegten sich Kringel und Stäbchen, und in der Tür stand die Emigrantentochter und blickte ihn herablassend an. Ich muß jetzt ran, dachte er und fragte, ohne das Auge vom Okular zu lassen: »Ziemlich langweilig hier in der Stadt?«

»Find ich nicht«, antwortete sie.

»Was machen Sie denn abends?« fragte er.

»Und Sie?« fragte sie spöttisch.

»Na, ich geh ins Kino, ins Restaurant«, antwortete er, obwohl er schon eine halbe Ewigkeit weder im Restaurant noch im Kino gewesen war. »Und Sie?«

»Ich lese lieber«, sagte die Emigrantentochter schnippisch und fragte ihn, ohne die Antwort abzuwarten: »Genug gesehen? Noch weitere Fragen?«

Er hatte keine Fragen mehr. Alles scheiterte an Nastasia Kowriginas unverhohlener Feindseligkeit.

»Gibt's denn hier ein Kino?« fragte er.

»Klar«, sagte sie.

Da hauchte er verzweifelt: »Wollen wir nichts abends ins Kino gehen?«

Sie lächelte ironisch und antwortete barsch, ohne den Blick von ihm zu wenden: »Ich geh nie ins Kino.«

Wie er sich von ihr verabschiedete, wie er dieser Hölle entkam, wußte er nicht mehr. Er rannte gegen den Frühlingswind an, rannte direkt zum Bahnhof, ohne nach dem Weg zu fragen. Die Beine trugen ihn wie von selbst. Er tippelte mit seiner Aktentasche unterm Arm klein und gebeugt durch die Straßen. Er war froh, daß er mit heiler Haut davongekommen war. »Tochter von Emigranten« klang wie »Sohn von Volksfeinden«.

Punkt eins ging er quer über den Platz zum Bahnhofsgebäude. Er hielt eine brennende Papirossa in der Hand. Er sah, wie sein Hotelnachbar den Bürgersteig verließ und auf ihn zukam. Mitten auf dem Platz trafen sie sich. Als der Hotelnachbar seinen Kopf beugte, um die Zigarette anzuzünden, erstattete Andrej ihm eilig Bericht.

»Ausgezeichnet«, sagte der Nachbar, »glückliche Reise.«

9

Den Kopf an Mutters Brust lehnen und alles vergessen: Kaluga, die bitteren Jahre der Trennung, die großen verwunderten Augen von Anna Iljinitschna, die grauen, kalten, herrlichen von Nastasia und die kleinen, aufdringlichen, braunen von Sergej Jakowlewitsch, den hinter ihm liegenden Krieg und das vor ihm liegende Amerika.

Seiner Mutter erzählte er von alledem nichts. Sie war ausgelaugt und hilflos. Achtzehn Jahre Lager und Verbannung kannst du nicht an einem einzigen Tag auslöschen. So was bleibt haften. Man braucht sie bloß anzuschauen, dann hat man sofort die Gitter, die feuchten Wände, den Stacheldraht und die

Flüche des Untersuchungsrichters vor Augen, eine schwere Faust und die Verhöre rund um die Uhr ... Ach, Mama, Mama, wie soll ich diesen Menschen, diesen Unmenschen entgegentreten, die dich mit ihren Pfoten angefaßt haben: Irgendwo haben sie ihre stillen Wohnungen, wo glückliche Frauen und glückliche Kinder auf sie warten; irgendwo werden sie mit ihren Hasenfellmützen und Schirmmützen, mit ihren Stiefeln auftauchen, hager und unter Atemnot leidend; irgendwo schallen ihre Ohrfeigen und tönen ihre einschmeichelnden Baritons, ihre hysterischen, betrunkenen, heiseren Tenöre. Und jedesmal, wenn er seine Mutter anschaute, sah er eine rotbehaarte, schlagende Hand und kleine, braune, hitzige Augen, die seine Mutter anstierten, und ihr Gesicht, das sich vor Entsetzen und Verzweiflung zu einer häßlichen Grimasse verzog. Mama, Mama, was kann ich tun, um das alles zu vergessen? Wie kann ich dich von diesen erniedrigenden Ohrfeigen, von der Spucke und den schmutzigen Flüchen reinwaschen! Ach, Mama, Mama!

Er erzählte ihr alles, alles, außer der dummen Farce mit den Spionen und Amerika, und auch sie erzählte ihm alles, nur nicht, was sie in den achtzehn Jahren durchgemacht hatte.

Sie sagte nur: »Als er starb, wußte ich, jetzt wird sich alles wenden.«

Die Mutter bekam eine Wohnung und Arbeit. Man schlug ihr vor, in der Rehabilitierungskommission mitzuwirken. Sie wollte in den Nordural fahren, von einem Lager zum anderen, und massenweise Leute freilassen, solche Leute wie sie, entkräftete, ausgelaugte.

Die drei Maitage vergingen wie im Flug, und Andrej fuhr nach Kaluga zurück. In der Redaktion gratulierte man ihm herzlich zur Rückkehr seiner Mutter, und all jene, auf die er noch vor kurzem mitleidig herabgeblickt hatte, waren wieder normale Menschen, seine Genossen.

Anna Iljinitschna schlug ihm vor, gleich einen auf Mutters Rückkehr zu heben, sie konnte sich schließlich am allerbesten in seine Situation hineinversetzen. Sie tranken, und Anna Iljinitschna richtete ihre großen, traurigen Augen auf ihn und fragte: »Hast du mit deiner Mutter geredet? Nein? Hast du ihr nichts erzählt? Hast dich nicht getraut? Sie hat andere Sorgen? Versteh schon ...«

»Überhaupt«, sagte Andrej, »damit ist jetzt Schluß.«

»Weißt du denn«, sagte sie, »weißt du denn, wie diese amerikanische Epopöe enden wird? Das endet damit, daß du deine Freunde bespitzeln mußt, mich zum Beispiel.«

»Na hören Sie!« sagte er und errötete, erinnerte sich aber gleich an die königliche Nastasia Kowrigina.

Einen Monat darauf rief Lobanow an, und sie trafen sich. Bereits am Telefon hatte Andrej zu verstehen gegeben, daß mit ihm nicht gut Kirschen essen war, und als sie sich trafen, fragte Sergej Jakowlewitsch: »Ihre Stimme klang so gereizt. Mit Ihrer Mutter ist doch alles in Ordnung?«

»Solange sie nichts von Ihnen weiß«, sagte Andrej mit einem unguten Lachen.

Lobanow zog die Brauen hoch. »Wie soll ich das verstehen, Andrej Petrowitsch? Sie haben ihr doch hoffentlich nichts erzählt?«

»Nicht doch«, sagte Andrej, »ich darf sie nicht aufregen.«

»Ausgezeichnet«, sagte Sergej Jakowlewitsch. »Und woher die Gereiztheit?«

»Soll ich Ihnen von meiner Fahrt nach Malojaroslawez erzählen?« sagte Andrej mit einem schiefen Lächeln. »Es hat nicht so geklappt.«

»Eine Lappalie, Andrej Petrowitsch. Alles war hervorragend.«

»Ach«, sagte Andrej, »Ihr Mitarbeiter weiß ja gar nicht alles.«

»Alles in Butter. Nastasia hat mich informiert. Sie haben sich tapfer geschlagen.«

Er strich mit der Hand über den Tisch, und die Sonne leuchtete in den roten Härchen. Lobanow war nervös, das spürte Andrej. Der Tschekist rückte seine Krawatte zurecht, schluckte, und sein Adamsapfel hüpfte. Lächelnd sagte er: »Ich hab einen Auftrag für Sie, Andrej Petrowitsch.«

»Und Amerika?« fragte Andrej schnippisch.

»Bald, bald«, sagte Lobanow gemächlich. »Also folgendes ...«

An dieser Stelle wollte Andrej ihm schon sein energisches »Nein« entgegenschmettern, aber er beherrschte sich. Schon wieder überkam ihn ein Fieber. Ein leichtes Zittern ging durch seinen Körper – war es Entsetzen ... oder Zorn, oder felsenfeste Entschlossenheit? Sergej Jakowlewitsch schaute ihn traurig an.

»Was macht Ihr Englisch eigentlich? Anna Iljinitschna ist offenbar eine tüchtige Pädagogin, stimmts? Wenn man Ihren Worten glauben darf.«

»Ich hab mich dazu doch gar nicht geäußert.«

»Doch, doch, Andrej Petrowitsch, oder vielleicht auch nicht, aber das fühlt man doch, das sieht man. Sie sprechen sogar mit einem leichten englischen Akzent. Und so eine Frau wurde hinter Schloß und Riegel gesetzt, so ein Klassespezialist! Anna Iljinitschna ... anstatt ihr Wissen zu nutzen ... Sie sind mit ihr befreundet?«

»Natürlich«, preßte Andrej hervor.

»Und wie ist sie so, nach allem, was sie erlebt hat? Wie ist ihre Stimmung? Nach so vielen Jahren Lager wird der Mensch hart, hat er sein Handeln nicht mehr unter Kontrolle.«

»Sergej Jakowlewitsch«, sagte Andrej leise, »Sie bemühen sich umsonst, ich tauge für diese Rolle nicht.«

»Aber, aber!« erwiderte Lobanow aufgeregt. »Sie haben mich falsch verstanden. Sie glauben, ich will Sie zu irgendeinem Zweck ausfragen? Sie sind ja immerhin gut mit ihr befreundet. Ich möchte nur mit Ihrer Hilfe rauskriegen, ob sie unsere Unterstützung braucht, unsere Verteidigung, nach allem, was mit ihr geschehen ist. Und Sie glauben, ich will mich in ihr Privatleben einmischen. Sie sind seltsam in der letzten Zeit, Sie denken ganz falsch von mir. Aber bitte, wenn Sie nicht wollen.«

»Ich will nicht«, sagte Andrej. Seine Erregung war vorüber.

Lobanow rieb sich mit seinen dicken Fingern die Stirn.

»Ich will überhaupt nicht mehr, ich eigne mich nicht für so was.«

»Aber bitte, bitte«, sagte Lobanow. Seine braunen Augen blitzten und wurden gleich wieder matt.

»Wir haben ein bißchen Spion gespielt, und nun reicht's«, sagte Andrej. »Es reicht.«

»Sie haben mich falsch verstanden«, gurrte Lobanow, »na, Gott mit Ihnen.« Dann sagte er gleichgültig zu Andrej und blickte an ihm vorbei: »Ich ruf an, wenn's was Neues gibt.«

Andrej ging zur Tür. Lobanow schwieg.

Er rief nicht mehr an. Drei Monate darauf, direkt vor Andrejs endgültiger Übersiedlung nach Moskau, begegnete er ihm auf der Straße. Er kam ihm entgegen. Andrej wollte seinem alten Bekannten schon guten Tag sagen, aber Sergej Jakowlewitsch wandte sich ab.

1973–1988

Wie man schneidert, so lebt man

Als ich auf dem Dorf als Lehrer anfing, hatte ich für den bevorstehenden Winter nur eine uralte Studentenkutte aus abgewetztem Wollstoff. In dieser Kutte konnte man bestenfalls in Tbilissi überwintern. Für den Kalugaer Winter allerdings, der sich bereits im Oktober ankündigte, wäre dieses Fähnchen ein Kinderspiel gewesen. Doch was blieb einem jungen Lehrer übrig? Wohl denen, die freigiebige Eltern und Verwandte hatten. Ich jedoch besaß niemanden. Deshalb borgte ich mir bei allen möglichen Leuten 600 Rubel zusammen (heute 60) und fuhr nach Peremyschl, in unsere Bezirksstadt. Ich hatte Glück. Es gab tatsächlich Wintermäntel für nur 450 Rubel. Ich nahm den Mantel eine Nummer größer und kehrte als glücklicher Besitzer eines Pelzes ins Dorf zurück, die restlichen 150 Rubel verteilte ich unter meinen Gläubigern. Sicher wollen Sie wissen, wie dieser Mantel, dieser Pelz, diese rettende Ausstattung beschaffen war? Natürlich gab es auf der Welt schönere

Gewänder. Ich war ihnen manchmal in der Straßenbahn oder in der Garderobe eines Theaters begegnet. Dann spürte ich die weichen, warmen Wellen, die von ihnen ausgingen, bewunderte ihre Formen, die körperliche Vorzüge unterstrichen und Mängel vertuschten. Die vornehmen und vielfältigen Farben waren eine Augenweide. Diese Pelze waren federleicht und warm wie ein Backofen. Mein Mantel indes war von ganz anderer Beschaffenheit. Der Stoff, aus dem er gemacht war, nannte sich Tuch, erinnerte aber eher an Sperrholz. Er war starr und schlecht verarbeitet, man rieb sich an ihm die Haut wund. In dieses Tuch waren Stroh, kleine Zweige und Kleie hineingewebt worden. Manchmal, wenn ich in Warteräumen oder auf Bahnhöfen saß, vertrieb ich mir die Zeit damit, dieses Baumaterial aus dem Stoff zu zupfen und in der hohlen Hand zu sammeln. Eine Handvoll nach der anderen. Außerdem war der Mantel mit gesteppter Watte gefüllt, die einer Matratze nicht unähnlich war. Ihn elegant aufzuschlagen, daran war überhaupt nicht zu denken. Man konnte ihn höchstens wie eine knarrende Flügeltür öffnen, und auch das nur mit großer Mühe. Den Mantel öffnen, die Arme in die Ärmel zwängen und knarrend die Flügel wieder zuschlagen. Ob mir das was ausmachte? Stellen Sie sich vor, ich war glücklich. Gleich bei der ersten Kälte konnte mein Tuchpanzer seine hervorragende Abwehrkraft unter Beweis stellen. Zudem war ich froh, daß ich mit meinem Haushaltsgeld, 680 Rubel in jenen Zeiten, gut auskam. Und aus einem weiteren Grunde war ich glücklich: Endlich hatte ich einen Mantel, wenn auch nicht den elegantesten, und konnte die abgewetzte Kutte ausrangieren. Dieser Mantel verlieh mir zusammen mit den Filzstiefeln und der Schapka ein seriöses und solides Aussehen.

Auf einer Fotografie, die ich aus dieser Zeit aufbewahre, sieht man uns, meinen neuen Freund Semjon Kusmitsch Syssojew, seine Frau Soja Petrowna und mich, vor der halbverfallenen Kathedrale von Schamordinsk, die beiden auf den Ruinen sitzend und ich stehend, in meinem neuen, steifen Mantel, mit Filzstiefeln und Schapka. Mein Gesicht ist voller Ehrfurcht, und ich sehe ziemlich bedeutend aus.

Nun gut, mein Engel, was nützt dir Solidität in einem nicht gerade vollendeten Gewand, wenn du dir bei der kleinsten Bewegung die Arme wundreibst, wenn du dich nicht rühren und regen und, unter der Last des Wattepanzers ächzend, die hölzernen

Beine kaum bewegen kannst? Doch was blieb mir übrig? Ich fühlte mich sicher, und mir war warm. Natürlich, wenn ich gekonnt hätte ... Aber wer kann schon wählerisch sein? Und wenn jemand bei uns in der Stadt, das heißt bei Ihnen in der Stadt, sich den Luxus leisten kann, andere Kleider zu tragen als die meisten Leute und sich ausländische Klamotten anzuschaffen, so steht mir, das heißt uns, danach nicht der Sinn. Wir haben anderes im Kopf. Und vielleicht ist genau das unser geistiger Reichtum von dem Ihr dort drüben immer nur hochtrabend redet, wir aber, wir sind seine Schöpfer und fördern dadurch ...

Doch nun zu Semjon Kusmitsch.

Das war ein noch recht junger, muskulöser Mann von mittlerem Wuchs, mit abstehenden Ohren. Sein kleines Gesicht mit den breiten Backenknochen konnte urplötzlich ein Lächeln überziehen. Er war Direktor einer Mechanikerschule und bildete Traktoristen aus. Für uns, die Lehrer der Mittelschule, empfand er große Hochachtung. Sicher, weil Soja Petrowna in der siebten Klasse unserer Schule Mathematik unterrichtete. Auch sich selbst zählte er zu den in der Volksbildung Tätigen, und er pflegte zu sagen: »Bei uns in der Volksbildung...« Offensichtlich war er mir ob meiner Zugehörigkeit zu dieser Volksbildung freundlich gesinnt, das spürte ich gleich. So was merkt man immer: wie dich einer anblickt, wie er mit dir spricht. Ich meinerseits fühlte mich ebenfalls zu ihm hingezogen. War es Wahlverwandtschaft oder Einsamkeit, wer weiß? Ihn belustigten und rührten meine spärlichen Kenntnisse des Alltagslebens. Es war ihm ein Vergnügen, mich unter seine Fittiche zu nehmen. Wenn ich meine Ungeschicklichkeit nicht verbergen konnte oder in eine mißliche Lage geriet, brach er in schallendes Gelächter aus und gab mir gute Ratschläge. Er war ein Mann der Praxis, einer vom Dorf, er stammte aus dieser Gegend. Er bevorzugte in allem Qualität und Akkuratesse, so, wie er sie verstand. Er gab nie einen Rubel zuviel aus, bedrängte mich selbst aber immer wieder, ein Darlehen bei ihm aufzunehmen. »Du kannst es behalten, solange du willst. Genier dich nicht, Bulat Schalwowitsch. Gewöhn dich an unser Dorfleben. Euch Städtern fällt das anfangs schwer, ich weiß, doch du wirst bei uns schon heimisch werden, dir eine Kuh anschaffen ...« – »Unbedingt, eine Kuh!« verstellte ich mich. »Das wäre einzigartig!« Doch wenn ich ehrlich sein soll, ich hatte eigentlich nicht vor, im Dorf zu bleiben. Mir gefiel es jedoch, ihm beizupflichten. Deshalb verstellte ich mich und spielte den Einfaltspinsel, den Stadttrottel, womit ich seine Leidenschaft entfachte. »Unbedingt!« lachte er laut. »Bald hast du eine Kuh, wirst sehn. Geht auch gar nicht anders! Woher willst du sonst deine Milch kriegen, oder saure Sahne? Soja, guck dir mal diesen komischen Kauz an! Oder süße Sahne?« – »Süße Sahne auf jeden Fall«, pflichtete ich ihm bei. »Als ich klein war, mußte ich immer süße Sahne mit Mandeltörtchen essen.« Das schien ihn aus irgendeinem Grund zu ärgern. »Mandeltörtchen, Mandeltörtchen ...«, äffte er mich beleidigt nach.

Da ich einsam war, fühlte ich mich bei ihnen wohl. Sie waren sehr gastfreundlich, und wenn ich bei ihnen zu Besuch war, konnte ich in der satten Wärme sitzen, in einem beinahe auf städtische Weise eingerichteten Zimmer. Meist kam so eine Einladung folgendermaßen zustande: Der von Kopf bis Fuß mit Schnee bedeckte Syssojew stürzte in mein Zimmer, blickte voller Verdruß auf meinen qualmenden Ofen und die matte Lampe an der Decke und sagte: »Genug gelesen, alle Bücher schafft man sowieso nicht«, und lachte über seinen eigenen Witz. »Auf zu uns – der Tee wartet.« Und wir stapften durch die Schneewehen.Bei ihm zu Hause tauchten augenblicklich Wodka, hausgemachte saure Gurken mit Blättern von schwarzen Johannisbeersträuchern, Sauerkraut und eingelegte Tomaten, mürbe Kartoffeln und rosa Speck, hartgekochte Eier und manchmal auch Sülze auf. Wir machten es uns bequem. Syssojew vollführte alle sich für einen solchen Augenblick ziemenden Bewegungen: Er rieb sich die Hände, zuckte mit den Schultern, ächzte, stöhnte, fluchte, lachte schallend und war glücklich.

Ich habe nie ganz verstanden, was er an mir fand. Abgesehen davon, daß ich wie seine Frau ein Studierter und Lehrer war, was ich bereits erwähnte, beeindruckte ihn anscheinend auch meine exotische georgische Herkunft. Das alles machte mich ihm noch sympathischer, unter anderem auch mein Schnurrbart.

Und noch ein weiterer Umstand kam hinzu: Wir schrieben das Jahr 1950, eine Zeit, in der überall die unterschiedlichsten Porträts meines schnurrbärtigen Landsmannes rumhingen. Ich kann nicht gerade behaupten, daß ich ein besonderer Verehrer von ihm war, zumal sich meine Eltern an einem weit entfernten Ort befanden. Doch Syssojew verehrte den Generalissimus, wie alle in diesen Jahren, und vielleicht brachte er irgendwo in seinem dunklen Unterbewußtsein meine Herkunft mit seinem Götzen in Verbindung.

Ich weiß nicht, inwieweit meine Beobachtungen zutreffen. Doch davon wird noch die Rede sein.

Seine Sympathie für mich kam von Herzen, und ich wußte lange nicht, wie ich ihn in das Geheimnis einweihen sollte, das mein Leben so schwer machte. Ich befürchtete, daß in seinen Augen sofort ein kaltes, gleichmütiges Meer aufwallen würde, wenn er erfuhr, wo sich meine Eltern befanden. So war es mir schon mit vielen Leuten ergangen. Zur Genüge hatte ich erlebt, wie sie von mir zurückprallten wie die Erbsen von der Wand, wie sie mich entsetzt und beleidigt musterten. Und auch wenn sie sich beherrschten, fühlte ich dennoch ein kaum merkliches Zeichen der Entfremdung. Kann man so was etwa verbergen? Als ich ihm nun alles gestanden hatte, sah ich, daß er nicht mal mit der Wimper zuckte. Er rief nur verwundert: »Was du nicht sagst!« Und darauf: »Na und?«

»Ich möchte, daß du es weißt, ich will es dir nicht verheimlichen. Ich habe nichts zu verbergen.«

»Du willst mir einen Schreck einjagen, stimmts?« lachte er. »Na hör mal! Wir sind doch nicht von gestern: Der Sohn ist doch für den Vater nicht ... Was ist er nicht, na? Verantwortlich! Da siehst du!«

»Ich war doch noch ganz klein, als man sie ... Dingsda ...«

»Hör doch auf« – er lachte wieder –, »bist ein komischer Kauz, wirklich wahr. Wenn du selbst schuldig gewesen wärst – das wäre eine andere Sache. Die Eltern ... lächerlich.«

Damit war das Thema erledigt.

Wir saßen also im tiefsten Januar bei ihm zu Hause, kippten ein Glas nach dem anderen, die Gurken krachten zwischen unseren Zähnen, und das alles begleitet vom Geheul des Schneesturms. Syssojew gab mir wie gewöhnlich gute Ratschläge fürs Leben, und ich dachte damals: Wenn ich mehr Geld hätte, dann trüge ich jetzt nicht diese schmutziggrauen klobigen Filzstiefel, die ich auf dem Ziegenmarkt zu kaufen das Glück gehabt hatte, sondern weiße aus Nappaleder, leicht, warm und elastisch, und mein Haupt würde nicht diese Soldatenschapka schmücken, sondern ein flauschiges Prachtstück aus Schaffell, ja, möglicherweise sogar aus Wolfsfell. Für Geld kriegst du alles. Eure Kuh samt süßer und saurer Sahne kann mir gestohlen bleiben. Und wenn ich dann noch fünf Kubikmeter trockenes Birkenholz kaufen könnte statt dieser feuchten Espe, die großzügig an die Mitarbeiter der Volksbildung verteilt wird.

»Immer langsam, Schalwowitsch«, sagte Syssojew. »Du bist ja ein komischer Kauz. Soja, nun sieh dir doch mal diesen Scherzkeks an. Ein komischer Kauz bist du, wirklich. Sparen mußt du, sparen. Ich steuere auch was bei.«

»Ich brauche eure Kuh nicht«, sagte ich, »ich bin doch kein Hirt! Ich hab schließlich studiert.«

»Weißt du denn nicht, wie's bei uns in der Volksbildung aussieht? Jawohl. Anpassen muß man sich.«

»Sie haben gut reden«, sagte ich, »Sie haben eine riesige Wirtschaft: Gurken, Pelze, einen Traktor.«

»Sieh mal an, dieser Schalwowitsch«, sagte er ärgerlich, »dich kann man mit nichts überzeugen, nichts ist dir recht. Kannst ja meinen Traktor haben, bitte. Und was willst du mit ihm anfangen?«

»Laß gut sein, Semjon«, mischte sich Soja ein, »was du nur immer zu meckern hat. Da hat sich der Arme einen Mantel aus purer Kleie gekauft, und du kommst ihm mit süßer Sahne.«

Es trat eine Pause ein. Dann sagte er lachend: »Was denn? Wir können auch einen Ledermantel nähen lassen, expreß.«

»Was für einen Mantel?«

»Ach, du Studierter!« rief er aus, »was für einen Mantel. Einen Ledermantel. Hör genau zu, was ich dir sage.«

Meinen neuen, undurchdringlichen Mantel konnte man übrigens mitten ins Zimmer stellen, ohne daß er umkippte oder zusamnmensackte. Er stand wie ein feuerfester Panzerschrank. Ob das ein Ledermantel auch könnte?

Was dieser Dorfzauberer sich denkt? Meint er etwa einen Mantel aus uraltem Schweineleder, grob gearbeitet, das gleiche Leder, aus dem die unverwüstlichen Stiefel waren, die ich im Krieg letztendlich doch nicht abgekriegt hatte? Was für ein Leder stellt er sich vor, wenn er mich so ohne Argwohn, ernst, ja sogar traurig anblickt?

»Na, los«, lachte ich, »erzähl mal, was das für ein Leder sein soll, Semjon Kusmitsch! Büffelleder? Schweinsleder?«

»Wie kommst du denn auf Büffelleder?« protestierte er beleidigt. »Ganz einfaches Leder, aus dem man Mäntel näht.«

»Etwa aus 'nem alten Eber?« fragte ich.

»So was«, er drohte mir mit dem Finger. »Guck dir bloß mal diesen Scherzkeks an, Soja. Von 'nem alten Eber ...«

»Woraus denn?« – ich gab nicht auf –, »aus Chromleder?«

»Wieso denn aus Chromleder?« sagte er bissig. »Aus Chromleder werden Stiefel genäht. Wie wär's denn mit Chevreauleder!«

»Chevreauleder?« fragte ich ungläubig.

»Chevreauleder«, bekräftigte er.

Anscheinend meinte er es ernst. Er war ärgerlich.

Ich wollte ihm gefällig sein und verstellte mich, Gott möge mir verzeihen. Ich riß meine naiven Augen weit auf und fragte: »Gibt's denn Mäntel aus Chevreauleder? Das ist doch so selten, das reicht vielleicht gerade für Handschuhe.«

Er lachte schallend, er freute sich, daß sich noch ein Dummkopf fand, den er aufklären konnte. Wir tranken noch ein Gläschen.

»Also folgendes«, belehrte er mich, »aus Chevreauleder werden Mäntel genäht. Ich hatte das selber schon mal ins Auge gefaßt, jetzt können wir uns vielleicht beide einen nähen lassen.«

»Das kann ich nicht glauben!« rief ich aus und bekam Gänsehaut. »Geht das denn hier überhaupt?«

»Warum nicht?!« rief er genüßlich. »Wir lassen uns einfach einen nähen, und basta.«

»Und wo kriegen wir das Leder her?« rief ich, schon ahnend, daß das ganze kein Geschwafel war.

»Hör mal genau her, was ich sage!« rief er und blinzelte listig. »Oder glaubst du mir nicht?«

»Sie können ihm ruhig glauben, Bulat Schalwowitsch«, sagte Soja streng. »Wenn Semjon Kusmitsch was sagt, dann wird's auch gemacht.«

»Jaja!« lachte er.

»Was denn? Wir können Chevreauleder besorgen und uns ...«

»Na?«

In mir prickelte es, außerdem machte es mir Spaß, ihn auf die Schippe zu nehmen, ihn aufzustacheln und vor ihm den Dummen zu spielen. Ich sah, was es ihm für Freude bereitete, mich aufzuklären, mich ins Leben einzuführen, sich über meine Unwissenheit lustig zu machen, mich unter seine Fittiche zu nehmen.

Ich war tief gerührt, und um seine Lachlust zu befriedigen, sagte ich: »Wir könnten ja mal meinen neuen Mantel mitten ins Zimmer stellen.«

Aber er verstand meinen Spaß nicht und sagte vorwurfsvoll: »Wozu willst du ihn hinstellen? Ein Mantel gehört auf den Bügel und an die Garderobe.«

Späße verstand er nie. Einmal war ich ihm auf der Straße begegnet und sagte, so wie die

Städter sich scherzhaft anzureden pflegen: »Ah, da kommt ja der junge, vielversprechende Herr Direktor.« Er schaute mich finster an und entgegnete: »Ich habe Ihnen nichts versprochen.« Auch diesmal fiel bei ihm der Groschen nicht.

»In Ordnung«, ich winkte mit der Hand ab, »und wie kommen wir zu dem Leder?«

Nun weihte er mich in seinen erstaunlich einfachen Plan ein. Eins fügte sich ans andere: Im März sollten aus unerfindlichen Gründen im Dorf Kälber geschlachtet werden, so, als sei man geradezu darauf erpicht, sie solchen Leuten zu opfern, die wie ich danach lechzten, sich in lederne Hüllen zu kleiden. Die Häute würden selbstverständlich abgezogen und zu äußerst günstigen Preisen verkauft werden. Wir würden diese Häute erwerben und nach Kaluga zu einem bekannten Kürschner bringen. Einen Monat später erhielten wir dann das bereits gegerbte Chevreauleder und müßten dann nur noch einen Schneidermeister finden. Maximal nach drei Monaten, wahrscheinlich aber früher, würde unsere großartige Neuanschaffung unseren Leib umhüllen.

Auf solch phantastische Weise fand unsere Mahlzeit ihren Abschluß. Kaum daß das alles auf mich eingestürzt war, begann es in mir wie gewöhnlich zu prickeln. Es überlief mich heiß und kalt. Ich sah mich bereits die märchenhaften Häute in den Händen halten. Ich malte mir sogar aus, wie ich die Kalbshäute eigenhändig mit Hilfe von Salz gerben könnte, ohne auf die gnädigen Dienste des Kürschners zu warten, von denen ich sowieso nicht überzeugt war. Ja, Salz müßte man nehmen und dieses, na, wie hieß es gleich? Was brauchte man noch? Sprit? Oder war es Essig? Ich würde mit dem Messer alles überflüssige abkratzen, das Fell auszupfen, alles in meiner Freizeit, nach dem Unterricht, nachts, bis zum Morgengrauen, verdammt nochmal! Und endlich würde ich das weiche, glänzende, schillernde, aromatisch duftende, schwarze, matte Leder im Zimmer aufhängen, wo es auf Schere und Nadel warten sollte.

Heutzutage, wo jeder dritte einen Ledermantel oder eine Lederjacke oder Lederhosen trägt, kann man die Dimensionen des Reichtums, der mir zufallen sollte, nur schwer begreifen. Doch damals brauchte man eine überaus reiche Einbildungskraft, um sich Kleidung aus Leder überhaupt vorstellen zu können. Und so was zu besitzen, davon konnte man nicht mal träumen. Ich hatte das Glück, hin und wieder einen von den wenigen Auserwählten zu Gesicht zu bekommen, der so was trug. Manchmal konnte ich *es* sogar berühren. Ein feiner Duft, ein Gemisch von Parfüm und lichter Zukunft, streifte meine Nase, noch bevor ich *es* sah. Geheimnisvolle, aufregende Wellen kündigten das Erscheinen von etwas Herrlichem an, und endlich tauchte *es* selbst aus der Menge auf. Seinem Aussehen und seiner Beschaffenheit nach erinnerte *es* an Seide. *Es* schimmerte, schmiegte sich an den Körper seines Besitzers und verlieh ihm Feinheit und Eleganz; *es* glänzte zwischen all den Kleidern wie ein Edelstein zwischen Pflastersteinen, *es* trug den Stempel ausländischen Wohlstands und das Zeichen der Zugehörigkeit zur Kaste derer, die von der launischen Fortuna auserwählt waren. Neben all diesen äußerlichen edlen Vorzügen gab es noch eine ganze Reihe rein praktischer Art, die man nicht verschweigen sollte. *Es* war strapazierfähig. Das Einreiben mit Rizinusöl verlieh ihm große Elastizität, und *es* war wasserabweisend. Der Schmutz verschwand im Handumdrehen, kaum daß man *es* mit feuchter Watte berührte, und wenn *es* zusammengeknautscht war, legte *es* sich bald von selbst wieder in die alten Formen, und ein Bügeleisen war überflüssig. Was wollte man mehr?

Alle warteten ungeduldig auf den März, doch niemand wartete so wie ich. Als er endlich kam, erreichte mein fieberhafter Zustand seinen Höhepunkt. Ich quälte Syssojew mit Fragen und Zweifeln. Er tat alles geduldig mit einem Scherz ab.

An einem schönen Märztag, der Monat ging schon seinem Ende entgegen – es war ein sonnenüberfluteter Tag, der verschönert wurde durch das Läuten der Glocken der Kapelle und durch das Murmeln der Bäche –, klopfte es heftig an die Tür meiner einsamen, feuchten Zelle. Auf der Schwelle stand ein unbekanntes Männchen.

»Haben Sie Kalbshäute bestellt?« fragte er.

»Ach, ach!« schrie ich auf. »Jawohl! Jawohl!«

»Hier, bitte. Alle sechs.«

Sechs! Meine sechs Häute! Ungegerbt, aber meine!

»Wie verabredet«, sagte das Männchen, »siebzig Rubel pro Stück.«

Ich multiplizierte blitzschnell: sechs mal sieben sind siebenundvierzig? Oder nein. Sechs mal sechs sind sechsunddreißig, und sechs mal sieben ...

»420«, sagte das Männchen seelenruhig, nahm die Summe entgegen, warf seinen Ballen vom Schlitten und fuhr davon.

Der Ballen war schwer. Ich schleppte ihn ins Haus und rollte ihn mit zitternden Händen auf. Im Zimmer verbreitete sich der widerliche Gestank von verwesenem Fleisch. Vor mir lagen sechs feuchte, glitschige Häute. Mein Traum vermischte sich mit Gestank. Doch da erschien Syssojew und fragte feierlich lächelnd: »Aha, sind sie gebracht worden? Na siehst du, Schalwowitsch? Ich mußte diesem Idioten eine halbe Stunde lang erklären, wo du wohnst. Jetzt kann's losgehen. Jetzt müssen die Häute eingesalzen werden, sonst faulen sie.« Sprach's und ging.

Ich plagte mich den ganzen Abend damit herum, das weiße Gold zu beschaffen, salzte und salzte, packte die Häute dicht aufeinander, rollte sie endlich zu einem festen Ballen zusammen, umwickelte diesen mit Lappen, band eine Schnur drum, hob ihn hoch – ein sagenhaftes Gewicht – und schleppte ihn in den Schuppen. Danach wusch ich mir lange die Hände und lüftete das Zimmer. Meine gute Laune war etwas geschwunden, dennoch tobten Hoffnungsstürme in mir.

All das ereignete sich genau so, wie ich es hier beschreibe. Warum zweifeln Sie nicht an meiner Schilderung? Mir selbst kommt das alles ja manchmal wie eine Phantasmagorie vor, so eitel und unsympathisch erscheine ich. Konnte ich damals etwa nicht gelassen und standhaft all die Entbehrungen ertragen? Und bedeckte nicht edelmütiger, stolzer Verzicht mein rosiges Gesicht? War ich denn tatsächlich so gierig und neiderfüllt, und spielte das Äußere wirklich so eine große Rolle in meinem Leben? Die letzten Tage bis zu unserer Fahrt nach Kaluga zu jenem mystischen Kürschner waren besonders schwer. Heute glaube ich, daß das Mißverhältnis zwischen der ärmlichen Lage, in der wir alle, insbesondere ich, uns in jenem schweren Jahr 1950 befanden, und den sich plötzlich eröffnenden Möglichkeiten und ihrer schwindelerregenden Nähe in mir diesen – mit heutigen Augen gesehen – schändlichen, fieberhaften Zustand erzeugte. Aber es ist leicht, von unseren heutigen, wohlhabenden Zeiten aus ein Urteil über die eigene Person zu fällen. Diese undankbare Beschäftigung überlasse ich meinem Leser. Ich selbst aber will Syssojew entgegeneilen, so wie wir es an einem Sonnabend nach dem Unterricht in den allerletzten Märztagen verabredet hatten.

Er kam mit dem Traktor vorgefahren, frisch und fröhlich, ich aber hatte die ganze Nacht kein Auge zugetan und sah nun blaß aus. Aber unverzagt trug ich den wertvollen, maßlos schweren Ballen aus seinem Versteck. Der Traktor sollte uns zweieinhalb Kilometer durch den sagenhaften Frühlingsschlamm bis zur Straße bringen. So geschah es auch. Wir luden unsere Ballen ab und warteten darauf, daß zufällig ein Laster vorbeikam, denn damals gab es noch keine anderen Verkehrsmittel. Die Straße war kaum befahren, deshalb konnten die Reisenden nur auf ein Wunder hoffen.

Nach drei Stunden zog die frühe Dämmerung herauf. Die Straße war menschenleer. In meinem Undurchdringlichen war es Gott sei Dank warm, Semjon Kusmitsch jedoch wurde es in seinem guten Pelz ungemütlich. Er hüpfte von einem Bein aufs andere, ich aber lehnte wie ein Brett an einem Mast. Wir schwiegen beide. Ich weiß nicht, woran er dachte. Ich meinerseits ergötzte mich in meiner Phantasie an einem Bild, das ich bereits in- und auswenig kannte: Ich trage einen Ledermantel, als wäre das die gewöhnlichste Sache von der Welt. Und dazu eine Schirmmütze aus hellgrauem Stoff. Können Sie sich das vorstellen?! Ein schwarzer Ledermantel und eine hellgraue Schirmmütze! Und dazu natürlich noch ein Seidenschal. Ich promeniere durch Moskaus Straßen und verbreite einen aufregenden Wohlgeruch. Jawohl, ich promeniere durch Moskau! Sie fragen: Und weiter? Gar nichts. Ich promeniere einfach, und basta.

Als es schon fast ganz dunkel war, brachte uns schließlich ein Laster, der unverhofft aufgetaucht und bis obenhin mit halbverfaulten Kartoffeln beladen war, nach Peremyschl. Wir saßen auf den Kartoffeln, mit dem Rücken zum scharfen Fahrtwind. Bis zur Bezirksstadt waren es mehr als dreißig Kilometer. Es ging über eine löchrige, holprige Straße, die ehemalige Kosjolsker Heerstraße ... und über meine Nerven und Knochen.

Nach Peremyschl kroch der Laster etwa zwei Stunden ohne besondere Vorkommnisse. Es war schon völlig dunkel. Dann hatten wir mehr Glück: Verhältnismäßig schnell wurden wir uns mit dem nächsten Lastkraftwagenfahrer einig, der direkt bis Kaluga fuhr. Wir schleppten unsere Ballen zu seinem Wagen, und los gings. Wir fuhren noch mal dreißig Kilometer über eine ebensolche trostlose Straße. Die Bewohner von Kaluga mögen mir verzeihen: Für sie ist das sicher eine der schönsten Straßen. Auch die Wälder und Felder ringsherum waren sicher schön. Aber ich, der ich in völliger Finsternis auf einem offenen Lastauto auf Säcken sitzend in eisigem Wind dahinholperte, hatte dafür kein Empfinden.

Es fing an zu frieren. Der abgehärtete Bauer Syssojew erstarrte, der verzärtelte Jüngling in seinem wetterfesten Mantel jedoch dankte seinem Schicksal für den glücklichen Kauf. Bei euch in der Stadt, ja, da kann man sich in einen Hauseingang stellen und sich an der Heizung aufwärmen, aber bei uns hier, auf einem offenen Laster im schneidenden Wind ... Ihr habt in eurer Metro und in euren Autobussen gut lachen und könnt euch auf unsere Kosten als was Besseres fühlen, während wir hier zu Eissäulen erstarren und unermüdlich Milch, Sahne,Kartoffeln und vieles andere produzieren, damit ihr euch die Bäuche vollschlagen könnt ...

Als endlich die Lichter von Kaluga auftauchten und in der Luft wieder der Duft von gegerbtem Leder lag, preßte Syssojew durch seine froststarren Lippen: »Übrigens, die Brücke ist weg! Wir müssen schwimmen, Schalwowitsch!«

»Wie schwimmen?!« rief ich aus meinem Mantel hervor.

»Wir müssen ins Wasser«, lachte er schrill, »die Häute müssen wir über den Kopf halten, damit sie nicht naß werden.«

»Auf der Oka ist doch Eisgang!« rief ich, und der beißende Wind drang in meinen Mantel.

»Prima!« schrie er, »da schwimmen wir auf den Eisschollen!« Wir hielten an der Stelle, wo für gewöhnlich die Ponton-Brücke beginnt. Sie war wegen Eisgang demontiert worden. In der Dunkelheit zogen die von diffusem Sternenlicht und den Straßenlaternen vom anderen Ufer beleuchteten Eisschollen krachend und knirschend an uns vorüber. Der Laster wendete und fuhr davon. Zwei traurige Schatten zeichneten sich verschwommen am Ufer ab.

»Wir hätten nicht fahren sollen«, sagte ich. »Wo sollen wir jetzt hin?«

»Tja, Schalwowitsch«, kicherte Syssojew, »wenn du nicht ins Wasser krauchen willst, muß du eben ein Boot suchen. Vielleicht bringt uns jemand rüber.«

Es war bereits Mitternacht. Wir schlotterten vor Kälte, und vor Hunger war uns ganz schwindlig. Unsere unglückseligen erstarrten Häute lagen zu unseren Füßen. Doch ich lebte noch und hätte um nichts auf der Welt meine wertvolle stinkende Last gegen einen Teller heißen Borstsch oder gegen Flügel eingetauscht, die mich nach Hause zurückgebracht hätten. Die Lichter von Kaluga funkelten am anderen Ufer, und die schwielige Hand der Stadt hatte mich an der Kehle gepackt. Das Bild des erfolgreichen jungen Mannes mit dem schwarzen Ledermantel und der hellgrauen Schirmmütze flimmerte, wenn auch schon ein wenig verblaßt, immer noch vor meinen Augen, und ich wäre zu noch weitaus größeren Heldentaten bereit gewesen. Nicht einmal die eisige Oka schien mir unüberwindlich. Der kleine Syssojew ließ sich gar nicht erst von düsteren Gedanken aus der Fassung bringen. Er trippelte am unheildrohenden Ufer entlang, bald verschwand er in der Finsternis, bald tauchte er wieder auf und rief mir schließlich aus einem Boot, das sich in der Dunkelheit kaum abzeichnete, zu: »Reich mir die Ballen, Schalwowitsch!« Dieser Ausruf klang wie »Reich mir die Hand, Bruder!«. Gleich Herkules spannte ich alle Kräfte an, schleppte beide pudschweren Ballen zum Boot und stürzte zusammen mit ihnen auf die feuchten Bretter. Der Besitzer des Bootes, ein alter Mann, plätscherte mit den Rudern, und wir drehten uns in der Dunkelheit zwischen den Eisschollen.

»He, Landsmann«, rief Syssojew. »Wie teuer kommt heuer das Ertrinken?«

»Ich nehm nicht viel«, antwortete der Fährmann. »Wirst's noch rechtzeitig erfahren!«

Bereits in der Mitte des Flusses merkte ich, daß sich das Boot langsam, aber sicher mit Wasser füllte. Meine Filzstiefel standen bereits bis zum Knöchel im Nassen. Ich hob meinen durchgeweichten Ballen hoch und hielt ihn wie ein großes eisiges Baby in den Armen. Macht nichts, dachte ich, an der Front habe ich noch ganz andere Dinger erlebt. Das Ufer rückte näher, doch das Wasser stieg immer schneller, und die dunkelblauen Eisschollen stießen an den Bootsrand. Wie es der Fährmann nur schaffte, sich zwischen ihnen hindurchzuwinden! Ich erinnere mich, daß wir alle drei schrien, um das Krachen und Knirschen zu übertönen. Wir schimpften mit den klassischsten Mutterflüchen auf das Wetter, die Oka, auf jede Eisscholle, die uns rammte, auf Kaluga, das sich nicht beeilte, uns entgegenzukommen, auf die Ruder, auf das Wasser im Boot, die Häute, auf das ganze vertrackte Leben und unsere Träume. Und dennoch hielt ich stand und sah meine elegante und imposante Silhouette in den Straßen von Moskau dahinschweben. Ob ich Angst hatte? Ich war besessen. Ich wollte unbedingt siegen. Oh, wenn all meine Energie und all meine Kräfte großen Aufgaben zugute gekommen wären! Wie viel Großes hätte die Menschheit emporgeführt! Aber das ist es ja gerade, daß es damals für mich nichts Größeres gab, als das, was ich in jenem Augenblick vollbrachte ... Und wer weiß schon, was groß ist, solange es noch nicht vollendet ist?

Wir schafften es gerade noch, aus dem fast abgesoffenen Boot zu springen, und traten aufs Festland von Kaluga.

»Ach, du«, sagte Syssojew zum Fährmann, »hättest doch das Loch flicken können. Wenn wir nun abgesoffen wären.«

»Keine Zeit«, sagte der Fährmann, »alle wollen übergesetzt werden.«

»Für Geld bist du bereit, sogar jemanden zu ertränken«, sagte Syssojew.

»Warum nicht?« lachte der Fährmann. »Es ist schließlich nur einmal im Jahr Frühling.«

Wir schleppten die Ballen unter Aufbietung all unserer Kräfte einen Berg hoch. Kaluga schlief schon längst. Auch der Kürschner. Tief unter uns tobte die Oka. Das Hotel, ein alter, düsterer Bau, von dem der Putz abbröckelte, hieß ebenfalls »Oka«. Als wir uns mit fischhaft vorquellenden Augen ins Haus schleppten, blieb mir in der stickigen Wärme und der friedlichen Stille fast die Luft weg.

Ja, es herrschte himmlische Ruhe. Und die alte Verwalterin sah hinter ihrer Theke wie ein rettender Engel aus. Über ihrem goldglänzenden Kopf hing Syssojews Götze mit der verloschenen Pfeife in der Hand und blickte uns verwundert aus seinem großen Rahmen an.

Ich erinnere mich noch, wie ich der Verwalterin meine erstarrte Hand entgegenstreckte und kein Wort hervorbrachte. Auch was Syssojew ihr kläglich lächelnd sagte, drang nicht an mein Ohr. Vielleicht erzählte er ihr von seinem nicht sehr leichten und nicht sehr erfolgreichen Leben, teilte ihr mit, wie er auf dieser Welt lebte, was er durchgemacht hatte, und nun bräuchte er nur noch ein Bett in diesem wunderbaren zusammenfallenden, alten Gebäude. Sie schaute ablehnend und gelangweilt an ihm vorbei wie jemand, der daran gewöhnt ist, daß von ihm anderer Menschen Leben oder Tod abhängen.

Wer weiß, was er ihr alles erzählte. Bald zeigte er auf mich, bald auf das Porträt des Generalissimus, und plötzlich kam Leben in die Herrin des Hauses. Sie gab sogar Antwort, etwas Menschliches tauchte in ihren göttlichen Zügen auf, und schließlich erlaubte sie uns, am Ende des Korridors auf dem gestrichenen Fußboden ein Lager aufzuschlagen. Bis zum Sonnenaufgang, nicht länger. Ich weiß noch, wie überwältigt ich von der plumpen Gutherzigkeit der Diensthabenden war, die uns einen Platz neben der heißen Heizung zuwies. Wir breiteten meinen wunderbaren Mantel aus, zogen unsere Filzstiefel von den Füßen, schoben sie hinter die Heizung, legten uns daneben und hielten unsere Füße an die heißen Röhren. Mit Syssojews Mantel deckten wir uns zu, und im nächsten Augenblick waren wir dieser Welt entrückt. Von den Ballen ging ein leichter Dampf aus, der Gestank drang durch die Verpackung, aber wir waren beide schon weit, weit weg.

Am nächsten Morgen weckten uns schrille Stimmen. Wir zogen uns schweigend und leise schniefend an und stiegen genüßlich, unaufhörlich unserer Hoteldiensthabenden Dank zollend, in die warmen, getrockneten Filzstiefel. Schließlich hätte sie uns ja überhaupt nicht reinzulassen brauchen oder wieder rausschmeißen können. Aber wir durften bleiben, und es war, als hätte sie den Platz an der Heizung ausschließlich für uns und unsere Ballen mit dem zukünftigen Chevreauleder reserviert. Offenbar hatte sie in den Nachtschwärmern Leute erkannt, die für die Gesellschaft von großer Bedeutung waren. Und so hatte sie die Hotelordnung verletzt und unser Leben behütet.

Was uns jetzt bevorstand war ein Kinderspiel: Wir mußten den Kürschner ausfindig machen. Unser Traum hatte uns wieder erwärmt, und wir beiden starken, jungen Männer gingen geduckt unter der Last der noch nicht getrockneten Ballen zu der bekannten Adresse. Das heißt, wir hatten gar keine Adresse. Wir hatten nur Syssojews hervorragendes Gedächtnis, und kaum daß wir die

Leninstraße und die Kirowstraße überquert hatten, fing es fieberhaft zu arbeiten an.

»Also« sagte Syssojew, »an dieser Kirche hier nach rechts« – wir bogen rechts ab –, »jetzt bis zu dem hellblauen Zaun dort hinten«, sagte das Gedächtnis, »zwei Straßen weiter kommt eine Pumpe« – und wirklich: eine eisbedeckte Pumpe tauchte vor uns auf –, »jetzt nach links und geradeaus bis zum Laden« – und tatsächlich kamen wir an einem Laden vorbei, der noch nicht geöffnet hatte. »Vom Laden nach rechts, bis zu den Bäumen da hinten.« Wir liefen keuchend weiter, machten eine Verschnaufpause, versuchten zu scherzen, taten, als ob wir fröhlich wären, als ob vordem alles ein Kinderspiel gewesen wäre, halb so schlimm: diese Nacht, die Oka, der Eisgang, das Hotel. Der morgendliche Frost roch schon ganz deutlich nach gegerbten Häuten. Keine Menschenseele war wach, wozu auch? In der weiten Welt waren nur wir beide auf den Beinen und näherten uns unbeirrbar unserem großen Ziel. Dieses Ziel tauchte plötzlich hinter der nächsten Ecke auf, und wir erstarrten für einen Augenblick.

»Also, Schalwowitsch«, sagte Syssojew keuchend, »da wären wir. Da steht das Haus.« Und er kicherte. »Da steht's an seinem Platz, es kann ja nicht weglaufen. Ich werde mal die Lage peilen, Schalwowitsch.«

Und er entfernte sich. Ich aber lehnte neben den Ballen wie ein Brett an einem Baum, und heißer Schweiß lief mir über die Stirn. Ich dachte, wenn jetzt ein Wunder geschieht: Plötzlich liegen bei dem Kürschner schon gegerbte Häute bereit, und er tauscht sie einfach gegen unsere aus, so daß wir nicht noch ein zweites Mal warten müßten.

Nach zehn Minuten tauchte Syssojew wieder auf und grinste breit.

»Wir haben ins Schwarze getroffen«, sagte er. »Er erwartet uns. Bald wirst du dein Chevreauleder haben, Schalwowitsch.«

Er schleppte eigenhändig die Ballen zusammen mit der Anzahlung ins Haus, und wir waren frei.

»Ende April kriegen wir die Häute«, kicherte Syssojew. »Bis dahin mußt du das restliche Geld flüssig haben, Schalwowitsch.«

»Und wenn die Mäntel fertig sind, fahren wir dann nach Moskau?« fragte ich.

»Warum nicht?« lachte er. »Sollen sie ruhig glotzen.«

Wie ich bis Ende April aushielt, ist kaum zu beschreiben. Ich kämpfte natürlich mit meinem Leiden, so standhaft und ehrlich ich konnte, aber der Wahnsinn (das heißt, Wahnsinn konnte man das kaum nennen), die Begierde, die von mir Besitz ergriffen hatte, war kaum zu stillen. Meine ausgedörrte Seele verlangte gleich einer ausgedörrten Kehle nach Labung, und alle Anstrengungen, sie zu beruhigen und zu beschwichtigen, führten zu nichts. Wie ich das überlebte, weiß Gott allein. Wie so was mit mir geschehen konnte, fragen Sie. Was soll ich darauf antworten? Die Zeiten waren für die meisten Menschen schwer. Ich weiß genau, daß ich ein Stoiker war. In der Kindheit war ich nicht verwöhnt worden, und die Ausrichtung meiner Seele war eigentlich eine etwas andere. Warum verlangte es mich ausgerechnet nach einem luxuriösen Mantel? Kam es nicht daher, weil mir ... weil ich ... weil solche wie ich ... das heißt, wir ... Kam es nicht daher, weil wir ... Wem wollte ich ähnlich sein? Was wollte ich vorgeben? Gott ist mein Zeuge: ich verachte geschniegelte Stutzer. Doch wonach verlangte mich dann? Meine Eltern waren dort. Und obwohl der Sohn für seinen Vater nicht ... und so weiter, lag doch der kummervolle Widerschein der Katastrophe auch auf mir. Wie konnte mein Herz da schon allein bei dem Gedanken an meine mögliche Verwandlung in einen imposanten schönen Mann stocken?

Ich begreife das alles nicht.

Vor dem Ersten Mai (zu allem Unglück auch noch das) hatte ich eine unruhige Nacht. Am Ersten Mai sollte sich unsere Schule gleich morgens zu einer feierlichen Kundgebung treffen. Am Abend davor inspizierte ich meinen einzigen Anzug. Es war der alte Anzug meines Onkels, den er mir geschenkt hatte, als ich von der Front heimkehrte. In meiner Studentenzeit war dieser Anzug merklich gealtert. Die Hosenbeine waren ausgefranst, und die Jacke war am Rücken und an den Ellenbogen abgewetzt und glänzte. In meiner Verzweiflung wollte ich mich Soja Petrowna zu Füßen werfen und sie bitten, mein einziges Kleidungsstück mit ihren geschickten Frauenhänden in eine Form zu bringen, die einem Feiertag würdig war. Doch das fiel mir reichlich spät ein, es war bereits nach Mitternacht. Sicherlich wäre überhaupt nichts passiert, und meine Schüler und Kollegen, die ganz andere Entbehrungen kannten, hätten mich nicht der Schande preisgegeben. Doch sie hätten sich traurig und mitleidsvoll nach mir umgedreht, Geld gesammelt, um die Reputation des jungen sympathischen Lehrers georgischer Abstammung mit städtischem Geschmack und Vorliebe für alles Schöne zu retten. Ich biß also die Zähne zusammen, mobilisierte alle meine Kräfte, ergriff Schere,

Nadel und Zwirn und machte mich an die Arbeit. Wie es mir glückte, mit dem alten, zerfallenden Stoff, der sich dagegen sträubte weiterzuleben, fertig zu werden, ist mir ein Rätsel. Er piesackte mich, hielt mir nicht die Stelle hin, die ich mit der Schere hätte bearbeiten müssen, die Nähte versteckten sich in den Falten und rutschten weg, und die Nadel bohrte sich nicht an den von mir vorgesehenen Stellen in den Stoff. Doch gegen Morgen ging ich als Sieger aus dem Kampf hervor, und als ich mit dem Bügeleisen den altersschwachen Stoff dämpfte, schimmerte er vornehm, und vor mir hing ein fast gänzlich neuer Anzug. Ich hatte die ganze Nacht kein Auge zugetan, doch der Erfolg beflügelte mich. Was brauchst du mehr, wenn du dich erst mal als Mensch fühlst? Geh, befreit und stolz, in deine Schule, auf dein Schiff, zum Sturmangriff, in den Tod ...

Anfang Mai, als die Feiertage verklungen waren und ringsum alles grünte und blühte und der schreckliche Eisgang im März in völlig harmlosem Licht erschien und mein undurchdringlicher Mantel unnütz am Nagel hing, steckte Syssojew seine Nase bei mir rein, blickte sich wie immer mit gespieltem Entsetzen in meinem Zimmer um und sagte händereibend: »Nun, Schalwowitsch, halte dich bereit. Morgen bei Sonnenaufgang geht's los, mit Gott.« Und er lachte glücklich, weil er mir endlich die langersehnte Nachricht bringen konnte.

Wir fuhren erneut nach Kaluga, doch nicht mehr so beschwerlich wie damals. Die liebe Maisonne lachte, und ich sah, daß der Weg wirklich schön war. Es war keine einfache Chaussee, sondern eine eingefaßte Straße, die durch eine klassische mittelrussische Landschaft mit Märchenwäldern und Tälern führte, in denen leichter Nebel hing. Die Fahrt bereitete uns Freude, und die uns erwartende Übernachtung im muffigen Hotelkorridor konnte uns kaum deprimieren, zumal uns die Zukunft in Gestalt der gegerbten Häute beflügelte. Es ist also gar nicht so schwer, zu warten und die Ungeduld zu bezwingen, dachte ich. Von diesem Feuer stirbt man nicht, man ist zwar betrübt und niedergeschlagen, aber sterben tut man davon nicht. Andererseits stärkt dieses Leid vielleicht sogar Nerven und Seele, und das schwarze Leder wird kein schwächliches und kapriziöses Schulmeisterlein mit dünnen Beinchen mehr umhüllen, sondern einen Kämpfer, einen wahren Menschen, eine Persönlichkeit. Die Qualen lohnen sich, dachte ich, von dem Geholper hin und her geschüttelt.

Wir überquerten die Brücke, die nach dem schrecklichen Eisgang wieder montiert worden war und jetzt voller Stolz unter den Lastautos knarrte. Das gesunkene gelbe Wasser der Oka plätscherte lustig gegen die Schwimmkästen, und der sich über die Stadt herabsenkende Abend war lau und freundlich.

»Wir gehen unseren alten Weg, Schalwowitsch«, sagte Syssojew lachend.

Wir schritten munter die Leninstraße mit ihren grünenden Bäumen entlang, überquerten die Kirowstraße, kamen bis zur Kirche, bogen nach rechts ...

»Schneller«, sagte Syssojew, »es wird bald dunkel, dann können wir lange suchen.«

Vor uns tauchte der bekannte hellblaue Bretterzaun auf. Von hier aus liefen wir wie gehabt zwei Straßen weiter, doch wo war die Pumpe?

»Wart mal«, sagte Syssojew, »nach meiner Erinnerung waren es zwei Straßen.«

»Wir sind schon vier Straßen weiter gelaufen«, sagte ich, »meine aufsteigende Unruhe unterdrückend.«

»Hallo«, sagte Syssojew zu einem zufällig vorbeikommenden Passanten, »stand hier nicht eine Pumpe?«

»Eine Pumpe?« überlegte der Passant. »Hier gab's noch nie eine Pumpe. Auf der andern, auf der Parallelstraße bestimmt, an der Ecke, aber hier ...«

»Wir sind in die falsche Straße eingebogen«, sagte ich.

»Du meine Güte«, wunderte sich Syssojew, »und wo kommt dann der hellblaue Bretterzaun her?«

»Vielleicht gibt es da auch einen«, sagte ich, »komm, wir gehen zur anderen Straße. Wenn da eine Pumpe steht, sind wir richtig.«

Wir liefen los. Es wurde schnell dunkel. Nicht, daß ich unruhig war, mir wurde nur abwechselnd heiß und kalt. Auf der Parallelstraße entdeckten wir schließlich die Pumpe. Sicherheitshalber schauten wir uns um: der hellblaue Zaun fehlte. Wir liefen zwei Straßen zurück, drei, vier... Da endlich ein gestrichener Zaun, aber die Farbe war im Dunkeln nicht zu erkennen. Es sah aus wie blau, hätte aber auch grün oder braun sein können. Eine dicke Frau stand an der Pforte.

»Tag«, sagte Syssojew, »können Sie mir sagen, welche Farbe Ihr Zaun hat, ich kann's nicht erkennen.«

»Wozu wollensen das wissen?«

»Wir haben gewettet, welche Farbe der Zaun hat ...«

»Na, blau«, sagte sie.

»Vielleicht hellblau?« rief ich erfreut.

»Wieso denn hellblau?« entgegnete sie ärgerlich. »Blau isser.«

Wir traten ein wenig beiseite.

»Schalwowitsch«, sagte Syssojew wacker, »wir müssen wieder zur Leninstraße zurück, und dort fangen wir noch mal ganz überlegt von vorn an. Wir sind einfach holterdiepolter losgestürzt und dachten: Es ist Frühling und warm, das finden wir spielend, da ist es ja schon, ist ja alles kinderleicht. Aber so kinderleicht ist es eben nicht.«

Wir kehrten zum Hotel »Oka« zurück und gingen noch einmal ganz langsam los. Die Kirowstraße überquerten wir bereits im Dunkeln. Die spärlichen Laternen waren uns eine schwache Hilfe. Wir gingen bis zur Kirche. Dort bogen wir nach rechts ab. Bis hierher stimmte alles. Endlich tauchte der hellblaue Zaun auf, den wir so lange gesucht hatten. Sogar im Dunkeln konnte man erkennen, daß er hellblau war. Ganz langsam liefen wir zwei Straßen weiter und ... da stand auch die Pumpe! Wir faßten sie an, streichelten sie, aus dem Rohr tropfte Wasser. Jetzt war es einfach zu finden: nach links bis zum Laden. Wir bogen links ein, aber wir fanden den Laden nicht. An seiner Stelle gähnte uns ein gepflegter Platz an. Die Straße war menschenleer. Wir hielten keuchend inne.

»Warum haben wir uns bloß die Adresse nicht aufgeschrieben?« sagte ich verärgert – »wir Vollidioten.«

»Laß die Nase nicht hängen, Schalwowitsch«, sagte Syssojew finster, »wir finden's schon.«

»Vielleicht gehen wir zur Auskunft?« fragte ich. »Wie ist sein Nachname?«

»Weiß der Teufel«, lachte Syssojew nervös. »Stepan Jegoritsch, weiter weiß ich nicht.«

Plötzlich vernahmen wir eilige Schritte, ein Mann kam um die Ecke.

»Hallo«, sagte Syssojew froh, »wart mal, Kumpel.«

Als der Mann uns erblickte, sprang er zur Seite.

»Brauchst keine Angst zu haben«, flehte Syssojew. »Wo ist denn der Laden hier geblieben?«

Der Mann wich einige Schritte zurück.

»Hallo«, jammerte Syssojew. »Nun sag doch schon.«

»Frag doch die Auskunft!« rief der Mann und lief davon.

»Verdammt nochmal«, fluchte Syssojew, »wir haben uns anscheinend verirrt!«

»Komm, wir versuchen's noch mal«, schlug ich kleinmütig vor. »Wir gehen noch mal zurück zum Hotel.«

Aber das war hirnverbrannt. Nach einigem Nachdenken beschlossen wir, zum Bahnhof zu gehen und bis zum nächsten Morgen dort zu warten.

Das düstere Bahnhofsrestaurant hatte rund um die Uhr geöffnet. Der einzige Zug nach Moskau fuhr in einer Stunde, und das Gelage war in vollem Gange. Das heißt, Gelage ist zuviel gesagt: die Leute waren lediglich laut, übermütig und betrunken. Es roch nach verbranntem Öl und Kohl vom Vorjahr. Über den Tischen hing Zigarettenrauch. Ich erinnere mich nur deshalb so genau daran, weil ich Bahnhofsrestaurants heute nicht ausstehen kann: diese angetrunkenen Pförtner und Kellner, die ständige Hektik, aus dem Zug an den Tisch, vom Tisch in den Zug. Jetzt kann ich so was nicht mehr leiden. Doch damals gefiel mir das offensichtlich. Ist ja auch kein Wunder. Nach dem Dorf, dem feuchten, kalten Zimmer, der gelben Birne an der Decke plötzlich dieser Saal mit den vielen Menschen, den klirrenden Tabletts. Du kannst was bestellen oder wieder abbestellen, es dir gemütlich machen, scherzen, naserümpfend den Saal und die Leute an den Nachbartischen betrachten oder sie im Gegenteil süßlich anlächeln. Du bezahlst – und der Kellner bringt dir, was du willst. Niemand kennt dich. Alle sind gleich, wie in der Banja. Nur Geld mußt du haben. Jetzt hängen mir diese Bahnhofsrestaurants zum Hals raus. Ich brauche diese Art von Selbstbestätigung nicht mehr, diese Wichtigtuerei und so weiter. Doch damals empfand ich es trotz des Gestanks, der Hektik und des angetrunkenen Pförtners an der Tür wie einen Karneval. Durch die geöffnete Tür sah man an der Wand durch die Rauchschwaden das gewohnte Porträt des Generalissimus. Er stand bei Sonnenaufgang inmitten endloser Weiten und blickte über unsere Köpfe hinweg in die Ferne.

Der Pförtner wollte uns erst nicht reinlassen, einfach so, aus purer Schikane, und wir standen hilflos an der Tür rum, katzbuckelten und lächelten den Pförtner ehrerbietig an, von der Last unserer eigenen Buckel völlig niedergedrückt. Er ließ uns lange zappeln, aber je länger sich dieses Machtspiel hinzog, um so sehnsuchtsvoller blickten wir auf die Tischchen im Restaurant, an denen wir endlich unseren Rücken gradebiegen könnten. Schließlich erbarmte er sich und ließ uns in den Saal. Ja, das ist heute gang und gäbe, daß man auf seine Rechte pochen und sich beschweren kann. Doch damals waren solche Späßchen gefährlich: Wir sahen wohl, wie der Milizionär mit dem roten Mützenrand dem

Pförtner im Vorbeigehen freundschaftlich auf die Schulter klopfte, als ob sie verschwägert wären ... oder Vettern, möglicherweise sogar Brüder.

Wir bestellten uns eine kleine Karaffe Wodka und jeder eine Portion Buletten mit Nudeln.

»Na, Schalwowitsch«, sagte Syssojew und lehnte sich zurück, »wer behauptet, das Leben sei schlecht?«

Ich nickte zustimmend, denn auch ich fühlte mich ausgesprochen wohl.

Wir tranken unseren Schnaps, gleich wurde es heller, und ich ging stolz erhobenen Hauptes zum Ausgang. Ich hatte einen schwarzen Ledermantel und eine hellgraue Schirmmütze, der Pförtner öffnete mir ehrerbietig die Tür. Ich klopfte ihm auf die Schulter ...

Ich aß meine Buletten, und plötzlich hatte ich Lust auf Kaffee mit Likör ... Heute kann ich Likör nicht ausstehen, dieses süße Gesöff ist mir zuwider, doch damals schien mir Kaffee mit Likör das Höchste der Gefühle zu sein, etwas ganz Aristokratisches, ganz was anderes als diese Buletten, die aus Gott weiß was bestehen, und diese Nudeln, die die Eingeweide verkleben!

Ich bestellte also Kaffe mit Likör. Man brachte mir ein Glas Likör und eine Tasse mit schwarzer Brühe, aber immerhin. Syssojew griff kichernd nach seinem Wodkaglas. In diesem Augenblick setzten sich ein Mann und eine Frau auf die freien Plätze an unserem Tisch. Sie waren ziemlich blau, besonders die Frau, bestellten jedoch umgehend einen halben Liter Schnaps und für jeden eine Portion Kohlsuppe. Die Frau betrachtete mich ausgiebig, lallte: »Schnurrbärtchen ...« und bleckte ihre schwarzen Zähne.

»Halt den Mund«, sagte der Mann und erklärte uns: »Ich bring sie nach Archangelsk, zur Holzbeschaffung.«

»Was denn, sie ganz allein?« fragte ich verwundert.

»Wieso allein?« kicherte der Mann. »Ich hab hier haufenweise Leute angeworben, die bring ich jetzt hin. Und wer sind Sie, wenn ich fragen darf?«

»Wir sind von hier«, sagte Syssojew und deutete mit dem Kopf zu mir: »Und er ist Georgier.«

»Georgier?« fragte der Mann verwundert.

»Ja, ja«, sagte Syssojew und deutete diesmal auf das Porträt.

Die Frau hatte den Kopf auf die Tischdecke gelegt und schlief.

Der Mann trank und fing plötzlich zu weinen an.

»Hallo«, sagte Syssojew, »was ist denn los?«

»Ich möchte ihm einen Brief schreiben«, sagte der Mann, »er muß mir alles erklären.«

»Was denn?« fragte ich.

»Ach, Mensch ...«, schluchzte der Mann erneut, »die Vorgesetzten sind bei uns allesamt Schädlinge ... Wie soll ich da nicht weinen.«

»Schreib nur, schreib«, sagte Syssojew und deutete mit dem Kopf auf das Porträt im Goldrahmen, »der wird's ihnen schon zeigen.«

»Klar«, sagte ich.

»Ich kann's doch nicht«, jammerte der Mann. »Wie soll ich den Brief denn schreiben? Womit soll ich anfangen? Ich kann das nicht. Dann rutscht mir am Ende noch was Falsches raus ...«

»Soll ich Ihnen den Brief schreiben?« bot ich ihm an. »Sie geben mir die Fakten, alles andere mache ich.«

»Das macht er«, sagte Syssojew. »Er ist Georgier, hat studiert.«

Wie das alles im einzelnen ablief, weiß ich heute nicht mehr. Er murmelte etwas, und ich formulierte. Wozu das alles? dachte ich, schrieb jedoch eifrig weiter, bis plötzlich jemand hinter mir stand und sagte: »Ihren Ausweis, Bürger!«

Der Milizionär mit der roten Mütze streckte die Hand aus. Die Frau schlief. Der Mann stierte vor sich hin. Syssojew bekam rote Ohren und sagte mit dünnem Stimmchen: »Oh, ich muß mal ganz dringend, bin gleich wieder da.«

Ich breitete auf dem riesigen Handteller des Milizionärs alles aus, was ich in der Tasche hatte. Er schnappte sich auch meinen Notizblock und befahl mir, ihm zu folgen.

»Rühr ihn nicht an ...«, röchelte der Mann. »Rühr ihn nicht an, sag ich dir ...«

Man führte mich weg.

Im Dienstzimmer saß ein Hauptmann mit zerknittertem gelbem Gesicht. Der Milizionär breitete meine Papiere vor ihm aus und sagte: »Hier, Genosse Hauptmann, der Bürger hat mit einem Betrunkenen zusammengesessen, ihn ausgefragt und alles aufgeschrieben. Selbst hat er nichts gegessen und getrunken.«

»Wieso nichts gegessen und getrunken«, wandte ich mit schwacher Stimme ein. »Ich habe Buletten mit Nudeln gegessen und Likör getrunken.«

»Und was hast du da aufgeschrieben?« fragte der Hauptmann.

»Wissen Sie ...«, sagte ich.

»Bring ihn dort rüber«, sagte der Hauptmann und deutete mit dem Kopf auf eine Tür in der Wand.

Ich kam in ein kleines, schmutziges Zimmer mit einer Bank. Die Tür wurde zugeschlagen und der Schlüssel umgedreht.

Sechs Quadratmeter. Eine trübe Lampe über dem Eingang. Vor dem Fenster ein Gitter, hinter dem Gitter die Mainacht. Hinter der Tür ein fremder, gleichgültiger Offizier. Noch einige Minuten zuvor wollte ich wie ein Mensch aussehen. War das etwa zuviel verlangt? Wozu in aller Welt, dachte ich, mußte ich mich nach diesem Ledermantel reißen? Ich habe mich selbst betrogen, als ich auf das Spiel dieses Verführers vom Lande reinfiel, ich wollte ja nicht hören und habe mitgespielt, nun hab ich den Salat. Wenn die rauskriegen, daß meine Eltern ... Dann kann ich mir ihr wissendes und gehässiges Lachen anhören. Ich werde natürlich mit den Worten des Mannes argumentieren, der überall zugegen ist: in den Gedanken, in der Luft, in den Gesprächen, in den vergoldeten Rahmen. Wie eine magische Beschwörungsformel werde ich seine einstigen Worte wiederholen, daß der Sohn für den Vater nicht verantwortlich ist ... Doch: Der Apfel fällt nicht weit ... Auch das ist zu bedenken, denn auch das ist eine Volksweisheit, und das Volk irrt sich nie ...

Heutzutage würde ein junger Mann in einer ähnlichen Situation nur mit dem ironischen Lächeln eines Mitglieds der Gesellschaft, das sich vor nichts fürchtet, fragen: »Warum soll ich denn nicht aufschreiben können, was ich will?« Was hätte ihm der müde Hauptmann in so einem Fall geantwortet? Stimmt, er hat doch bloß sein Notizbuch rausgeholt, hat was aufgeschrieben. Na und? Ja, heutzutage ... Aber damals. Ein klägliches Jackett und ein teuflischer Schnurrbart, ein Glas Likör, und das betrunkene Geschwafel von irgendwelchen Schädlingen, und all das in einer Zeit, wo sich bekanntlicherweise Hunderte, ja Tausende getarnte Bösewichte unter uns herumtrieben, alles notierten, die Leute ausfragten, sie vergifteten, Sprengladungen zündeten. Ich erinnere mich noch, wie uns der Referent in der Vorlesung über die Hinterlist der ausländischen Spione aufklärte: »Ein westlicher Agent trinkt im Restaurant zum Beispiel nur einen kleinen Schluck und ißt in der Regel nichts. Das springt sofort ins Auge.«

Wäre ich in meinem Dorf geblieben und nicht auf Syssojews Provokation hereingefallen, dann wäre das alles nicht passiert: Mich hätten weder dieses Fieber, noch dieses heiße Verlangen gepackt. Es hätte weder die qualvolle Reise auf dem Laster gegeben noch die

Überfahrt zwischen den Eisschollen, die Erniedrigung im Hotel, diesen abscheulichen Likör und die betrunkenen Fratzen, das vergitterte Fenster und der mich nun erwartende Abtransport in weite Fernen, für eine lange Zeit, für immer. »Wo sind Ihre Eltern?« Wissen Sie ...« Alles zu Ende. Denn ein paar klägliche Worte vermögen die herrschenden Stereotypen nicht zu übertrumpfen. Wozu in aller Welt habe ich mich auf diesen verfluchten Mantel eingelassen?

Es dämmerte. Ich weinte leise vor mich hin. Noch hoffte ich auf ein Wunder: Der müde Hauptmann würde alles vergessen, mich gleichgültig anhören und abwinken, und ich würde auf die Straße stürzen, zur Oka laufen, mit dem erstbesten Lastauto ins Dorf fahren, nach Hause, mir eine Suppe aus jungen Brennesseln und Hirse kochen, einschlafen und in einer anderen Welt wieder aufwachen.

In diesem Augenblick polterte etwas im Vorraum, es klirrte, und eine heisere Stimme rief: »Rühr ihn nicht an, sag ich dir!« Sie versuchten jemanden aus der Tür zu drängen, doch der wehrte sich und rief: »Wo ist Stalin?! Wo habt ihr ihn hingesteckt, ihr Hunde?« Es war der stockbesoffene Werber aus Archangelsk. Er suchte mich und stürzte mich endgültig ins Verderben, er verwechselte meinen spärlichen Schnurrbart mit jenem weltbekannten, er richtete mich vollends zugrunde, brachte mir Verbannung ein, dieses betrunkene Schwein. »Gebt Stalin her!«

»Halt die Schnauze, du Schwein!« rief ich heulend, doch niemand hörte mich, und auf ein Wunder brauchte ich nun nicht mehr zu warten. Im Vorraum wurde ein schwerer Körper über den Boden geschleift, ein Riegel schnappte zu, dann war alles still.

Draußen wurde es schnell hell. Bald würde der Maimorgen ins Fenster blicken und die Schritte der glücklichen Passanten durch die Straßen hallen. Wenn dieses verdammte Chevreauleder nicht gewesen wäre! Dann öffnete sich knarrend die Tür, und ich wurde zum Diensthabenden in den Vorraum gebeten. Ich schritt zielbewußt aus meiner Kammer, ein Schrei gluckste in meiner Kehle: »Genosse Hauptmann, ich flehe Sie an. Das ist alles ein Mißverständnis! Ehrenwort, ich bin unschuldig! Er ist an allem schuld, dieser betrunkene Flegel, dieser Lump. Fragen Sie doch meine Leute. Ich wollte mir einen Ledermantel nähen lassen ... und wartete wie ein Idiot auf den Morgen ... ich dachte ... Syssojew hat mich angestiftet, glauben Sie mir, und selbst ist er weggelaufen. Ehrenwort, Ehrenwort, ich flehe Sie an!«

Hinter der Barriere saß ein junger, mir unbekannter Leutnant.

Er drehte meine Papiere hin und her und fragte kühl: »Haben Sie Ihren Rausch endlich ausgeschlafen?«

»Ich habe nicht geschlafen«, sagte ich flehentlich lächelnd.

»War die Bank zu hart?« grinste er.

Durch das Fenster konnte man den Bahnsteig sehen. Dort standen Passagiere. Auf dem Rasen blühten Blumen. Auf einem Schild stand: »Brot«.

»Ich habe die ganze Nacht darüber nachgedacht, wie falsch ich mich verhalten habe«, sagte ich.

Er reichte mir meine Papiere!

»Und nun?« fragte ich ungläubig.

»Sie sollten weniger trinken«, sagte er. »Gehen Sie.«

Vom Bahnhof bis zur Pontonbrücke rannte ich in zehn Minuten, ohne mich ein einziges Mal umzusehen. Am Ufer saß Syssojew auf einem frischgefällten Baumstamm. Ich setzte mich schwer keuchend neben ihn. Wir schwiegen. Er zeichnete mit einem Stöckchen ein Haus in den Sand. Als es fertig war, wischte er es weg und fing mit größerer Meisterschaft von vorne an. Ich begann auch zu malen.

So verging die Zeit. Es kam kein Auto vorbei. Dafür sammelten sich immer mehr Leute, die mitfahren wollten.

»Hast wohl einen Schreck gekriegt, Semjon Kusmitsch?« fragte ich, ohne ihn anzusehen.

»Wieso Schreck?« preßte er zwischen den Zähnen hervor. »Überhaupt nicht. Ich warte auf ein Auto.«

Wir schwiegen wieder.

»Was hat man Ihnen denn dort erzählt?« Er wischte plötzlich sein Haus wieder weg.

»Nichts«, sagte ich, »ich habe meine Papiere zurückgekriegt, das war alles.«

»Alles?« lachte er, »Ihren Namen haben sie aber doch bestimmt aufgeschrieben?«

»Na und?« fragte ich flüsternd.

»Ach, nichts«, sagte er, »Sie werden bestimmt noch von ihnen hören.«

»Der Diensthabende hat doch gewechselt«, sagte ich eilfertig, »irgendsoein grüner Leutnant kam, der hat mich überhaupt nichts gefragt. Er sagte nur, ich solle gehen, und da ging ich. Zuerst hatte ich einen Schreck bekommen, weißt du, ich dachte, die würden mich nach meinen Eltern fragen, wieso und warum, ich dachte, das ist das Ende.«

»Wieso das Ende?« fragte er und blickte mich verächtlich an. »Als ob es bei uns keine ordnungsgemäße Untersuchung gäbe. Sie sind ja ziemlich schnell mit Ihrem Urteil, als ob Sie was auf dem Kerbholz hätten.«

»Wieso sagst du denn immer ›Sie‹ zu mir? Wir kennen uns doch schon eine halbe Ewigkeit«, fragte ich verwundert.

»So gut kennen wir uns auch wieder nicht«, sagte er und blickte auf die Straße. »Ich kenne Sie überhaupt nicht richtig«.

Bevor ich eine Antwort parat hatte, kam schon ein Laster an – die Rettungsmannschaft, die mich weit weg von hier bringen sollte, in unerreichbare Gegenden. Alles kletterte auf den Wagen, ich machte es mir auf einem Sack bequem, nur Syssojew blieb am Ufer sitzen und malte weiter an seinem Haus.

»Beeil dich!« rief ich kläglich.

»Fahren Sie nur«, sagte er, ohne seinen Kopf zu heben. »Ich habe noch einiges in der Stadt zu tun.«

Ich fuhr davon.

Das war das Ende unserer Freundschaft. Syssojew lud mich nie wieder zu sich ein, und ich drängte mich auch nicht auf. Das Leder erwähnte er mit keinem einzigen Wort, und ich fragte auch nicht danach. Dann erfuhr ich von einem Bekannten, daß wir die Häute sowieso nicht richtig aufbewahrt hatten und daß sie unweigerlich verfault sein mußten. Diese

Nachricht tröstete mich endgültig. Dem verlorenen Geld trauerte ich nicht nach. Und wenn ich damals auf dem Bahnhof einen schwarzen Ledermantel angehabt hätte, dachte ich, wer weiß, wo ich jetzt säße. So aber hatte ich wie alle anderen ein unförmiges Jackett und geflickte Schuhe an. Was war ich schon für ein Fang? Lächerlich.

1985

Inhalt

Quellen: *Frau meiner Träume* (Devuška mojej mečty), Zs. »Družba narodov«, Moskau 1986, Nr. 10; *Schlaf, Kartöffelchen* (Spi, kartošina ...), Zs. »Stolica«, Moskau 1991, Nr. 1; *Unverhofftes Glück* (Nečajannaja radost'), Zs. »Ogonjok«, Moskau 1989, Nr. 14; *Die Abenteuer eines Geheimbaptisten* (Priključenija sekretnogo baptista), aus: »Vest'«, Vlg. »Knižnaja palata«, Moskau 1989; *Wie man schneidert, so lebt man* (Iskusstvo krojki i žitja), aus: »Poslednij etaž«, Vlg. »Knižnaja palata«, Moskau 1989.